咬文嚼字文库

江更生 著

灯谜谐趣园

范崎青题

上海咬文嚼字文化传播有限公司
上海文化出版社

忆江南词二首系题

史生方家新著灯谜谐趣图

灯前乐

谜话著新编

谐可寓庄缘骋智

趣由门斗巧务争先

圆圈百花妍

灯璀璨

谜史盛千秋

谐语谈言供采择

趣闻轶事恣搜求

圆景足优游

　　　　己亥新正陈以鸿

陈以鸿先生题嵌书名词二首

前　言

　　灯谜，是中国特有的一种文字联想游戏，历史源远流长。如果我们从《世说新语·捷悟》记载的文义灯谜的开山之作——曹娥碑上的"黄绢幼妇，外孙齑臼"分扣"绝妙好辞"算起，它已经有1500多年的历史了。

　　令人称奇的是，自古以来，猜谜之风久久不衰，至今仍拥有不计其数的痴迷者。如果我们戏改前人称赞宋代柳永词作的名言，说"凡有井水处，皆猜灯谜"，也不为过。

　　那么，灯谜何以有如此大的魅力呢？究其原因，不外乎有以下几个：

　　一是打宋代起，猜谜游戏已成为年节中不可或缺的娱乐。每逢新春元宵节，打灯谜、赏花灯、吃汤圆的习俗鼎足而三，一直沿习至今，因此灯谜又称"春灯谜""春灯"等。

　　二是灯谜本身有趣，它的形式和内容别有风致，耐人寻味。灯谜不同于儿童猜的"事物谜"（又称"民间谜语"），它是利用汉字一字多义的特点，故意将文字的本义略去，而用它的歧义去曲解，使得谜面与谜底的意思吻合，这在灯谜中称之为"别解"。就因为灯谜巧用别解，让人从联想中产生谐趣，所以分外迷人。例如："资深酿酒师"（打唐诗篇目一），谜底是《长干曲》，别解为"长时间做酒"。

"长干"原意为里巷名，现别解为"长时间地做"；"曲"原意是乐府体裁，现别解为"酒曲"，如"洋河大曲""七宝大曲"的"曲"。正因为经过别解的意思与原意已"风马牛不相及"，从而酿出了谜趣，十分逗人。

三是灯谜常以成语及诗词文赋成句作谜面，并且专门在文意上打主意。它要求严格，有规则禁忌，法门众多，猜射的范围上达天文，下到地理，中通人和，举凡声光电化、文史哲学、音体美劳、影视戏曲，几乎无所不包，因此猜的人必定要具备一定的文化知识、猜谜常识和技巧。猜谜既能增进知识，又可启迪智慧，更可陶冶情操、娱乐身心，故而博得了"智力体操""健脑太极拳"的美誉。

在此，笔者推出这本书，谨向广大爱动脑筋的读者较为系统地、全面地介绍我国的灯谜文化。希望这种与对联、题额、酒令、诗钟等相埒的文学小样式及益智好娱乐，能让我们在游戏中获得有益的文化知识，陶冶情操。

目 录

■ 谜人谜事

最早的灯谜

灯谜，源远流长。据文字记载，它滥觞于2600多年前春秋时代的"隐语"。隐语又叫"廋辞"，"廋"是隐匿的意思。有时候，由于种种原因，有些话不便直说，于是转弯抹角地找些借代的词语去表达，这种借而代之的词语就是"隐语"和"廋辞"。

最早提到"廋辞"的，是《国语·晋语五》：鲁宣公十七年（前592），一次，晋国范文子（名燮）退朝晚了，告老在家的范武子问儿子迟归的原因。文子兴冲冲地告诉父亲，秦国使者讲了五条"廋辞"，朝中竟无人能答，他一下子答出了三条。武子听毕大怒道："朝中大夫不答，乃谦让父老之故。你是个年轻的孩子，却在朝中三次抢先，掩盖他人。如果不是我在晋国，你早就遭殃了！"说罢举杖便打，以至于文子的发笄也被打断在地。遗憾的是文中未能将"秦客廋辞"的具体内容交待清楚，我们无法领略其风采。幸亏《左传·宣公十二年》里有着较为详细的记载，展示了楚国大夫申叔展向萧国大夫还无社用隐语暗示他躲入枯井以避战祸的文字，为我们弥补了这个缺憾。

春秋时期，人们在生活中运用隐语十分广泛，非但作为外交场合中互相斗智的工具，而且成了战争中传递消息的密码。然而，隐语毕竟不等于后世的灯谜，只是灯谜的原始状态而已。

直到汉代，隐语或廋辞才渐渐演变成专以破译文字形义的"文义谜"。东汉时，已陆续出现了一些将文字拆拼离合使其音、形、义发生变化的字谜雏形。如《后汉书·五行志》里收录的献帝时京都的童谣:"千里草,何青青。十日卜,不得生。"暗扣"董卓死"三字。

相传,第一条完整的"文义谜"是镌刻在浙江上虞的东汉孝女曹娥墓碑背后的。南朝宋刘义庆《世说新语·捷悟》上载有此谜。据说魏武帝曹操行军路过上虞,见到汉末文学家、书法家蔡邕(字伯喈)在曹娥碑阴(背面)写的"黄绢幼妇,外孙齑臼"八个大字。曹操看完,边行边猜,一直走了三十里路后,才猜破谜底,原来是"绝妙好辞"四字。黄绢,即有色的丝织物,色丝合为"绝"字;幼妇,即少女,合而为"妙";外孙,即女儿之子,女子合为"好";齑臼,捣齑之臼,古称受辛(辛辣)之器,"受辛"二字合成"辝",即"辞"的异体字,故扣"辞"。

到了魏晋南北朝,谜已是十分时髦的游戏,一般文人都会两手。"建安七子"之一的孔融曾把自己的姓名和祖籍用字谜来隐括。同时,还出现了论及谜和隐语的理论专文,刘勰在《文心雕龙·谐隐》一章里给谜作过精辟的分析和论述。

为什么叫它"灯谜"

　　宋代，在灯谜发展史上占着重要的一页，"灯谜"这个名称就产生在那时。我国古代早有元宵赏灯的习俗，到了两宋尤为盛行。宋朝的统治者，为了粉饰太平，下令民间在农历正月十三至十八日大放花灯，在都城金吾不禁，任人观赏。因而有"好事者"就别出心裁地"以绢灯剪写诗词，时寓讥笑，及画人物、藏头隐语，及旧京浑语，戏弄行人"（见宋代周密《武林旧事》）。从此，"灯"与"谜"便结下了不解之缘，诞生了"灯谜"一词。猜灯谜与赏花灯、吃汤圆鼎足而三，成了元宵佳节不可或缺的娱乐，一直流传至今。

　　明、清两代是灯谜活动的鼎盛时期。

　　有关明代猜谜的盛况，我们可借助明末阮大铖传奇《春灯谜·轰谜》中一阕《朝天子》以见一斑：

　　打灯谜闹场，拆灯谜搅肠。纸条儿标写停停当。金钱小挂，道着时送将；那不着的受罚还如样。市语儿几行，人名儿紧藏，教你非想，非非想。

　　从上引的剧词中，我们还可获知猜灯谜又叫打灯谜，是在赏灯的元宵节时进行的，故剧名为《春灯谜》。猜中灯谜还有奖品，出谜的形式是写在纸条上，有猜人名的，有猜"市语"（当时的流行语）的。

　　至于清代猜灯谜的风气炽烈，我们可通过小说《红楼梦》领略一二。书中描述贾府全家元宵节赏灯猜谜，竟连深居宫闱的妃子贾

灯谜谐趣园

元春也特遣小太监掌灯送谜来，特地给兄弟姐妹们猜射。最为有趣的是，在书中的第五十回里，薛宝钗的堂妹宝琴写了十首怀古诗作为谜面，每首隐一事物，却并不揭晓谜底，也许是曹雪芹一时疏漏，也许是他故作狡黠，存心考考读者。二百多年来，这些谜惹得人们猜射不止。另有一位李汝珍，在他写的小说《镜花缘》里也曾不吝笔墨，在好几处写到才女们打灯谜的热闹情景。甚至连曲艺作品中，都有对灯谜活动绘声绘色的再现。例如在野堂钞本《灯谜社》子弟书（一种鼓词）里，就有市井细民爱好灯谜结成谜社，彼此互相猜射场景的展现。

后来，民间的猜谜已并不限元宵一节，端午、七夕、中秋都有此举，有的地方甚至平时朋侣相聚，也会猜上一阵灯谜，以为余兴。慢慢地，"谜"似乎与"灯"又疏远了，然而"灯谜"一词已约定俗成地流传至今。

灯谜和谜语是一回事吗

有不少人把灯谜与民间歌谣里的谜语混为一谈，这种夹缠不清的观念甚至出现在一些电视台的猜谜节目和谈谜语的专著里。其实，灯谜与民间谜语是两码子事。

周作人在1923年出版的《自己的园地》一书里有篇《谜语》，对谜语是这样介绍的："民间歌谣中有一种谜语，用韵语隐射事物，儿童以及乡民多喜互猜，以角胜负。"并且说到世界各国都有供"老妪小儿消遣之用"的谜语，并列举了希腊神话里俄狄浦斯猜破人头狮身的斯芬克斯借以杀人的谜语：早晨用四只脚，中午用两只脚，傍晚用三只脚走的是什么？谜底为"人"。因为人在幼时匍匐，中年直立走路，到了老年则用拐杖助行。结果斯芬克斯跳崖自杀。他还提及英国的民间叙事歌中，有着许多谜歌等现象。据民俗学家的研究，世界上各个国家与民族都有谜语或类似谜语的抗答歌谣，曾见报载匈牙利甚至还有一个"谜语博物馆"，专门陈列着世界各地的谜语哩。

然而，灯谜却是中国仅有的"这一个"文字游戏。它得天独厚，叨光我们祖先创造的汉字有着一字多义、多音的特点，故意避开字的本义，专从歧义上打主意，将文字进行别解，使它组合成与原来含意风马牛不相及的新的词语或短句，以产生有趣的效果，达到娱乐的目的。这种汉字转义联想游戏具有鲜明的民族特色，有人把它和谜语作了个生动的比喻，说"谜语"好比富有天籁之趣的民歌，而"灯谜"则是"戴着镣铐跳舞"的格律诗。虽说它们的名字中都有"谜"，

灯谜谐趣园

在古代灯谜又是从谜语中派生出来的，然而发展到了今天，二者已具有不同的特征，无论在猜射的形式、方法，还是内容与游戏的对象方面，都有明显的差异。谜语是通过口头传诵，一般以朗朗上口的韵语作题面，采用形象思维方法，把谜底事物的特征、性质、功能等，生动形象而又含蓄地隐藏在谜面里，让人琢磨。例如："千条线，万条线，掉在水里看不见。"(猜一自然现象)，谜底为"下雨"。多么生动的描绘！它紧紧抓住雨丝连绵的形象特征，真是妙造自然。

至于灯谜就不同了，它是用文字表达的，仅写于狭长的谜条上，因此要求内容简洁，文字短小，但包含的信息却不能少，所以讲究以少胜多，并要字字落实，不允许闲文冗字存在。例如以"烧羊肉放萝卜"为谜面打屈原作品一，谜底是《离骚》。我们在烹煮羊肉时，常会放入萝卜，目的是为了除去羊肉的膻味(俗称"羊骚气")，所以扣合谜底"离骚"。

其次，在猜射方法上也有不同，纯粹从谜面文字的含义上去推导谜底，这是灯谜；仅从谜面所描绘的形象和特性来猜测谜底，那便是谜语。再次，规则也迥异：灯谜较严，讲求谜面谜底不准重现相同的文字；谜面、谜底的字，除了用"格"处理外，不允许以同音字替代解谜，而且规定每条谜只能有一种答案，不能出现两个谜底。而谜语就宽泛得多了，不受上述限制，允许以谐音来迷惑猜者。最后是内容和活动的对象不同，灯谜内容较深，多从文义上用功夫，所以参加者必须具备一定的文化知识和猜谜技巧。而谜语内容多为生活中日常事物，浅显易懂，可以口口相传，游戏者多为儿童和识字不多的人等。

灯谜的结构

我们接触到一条灯谜,就会发现它至少有三个组成部分。一个是出谜人写的题目文字,灯谜术语叫作"谜面"或"谜题",另一个是写在谜面下面提示猜谜人答题范围的语句,灯谜术语称为"谜目"。由于灯谜是一种传统的文字游戏,在标谜目时,往往把数目字后置,如"打某某一"或"打某某二"等。分明有古汉语句子中数字后置的痕迹,如"车一""马二"等。另一个是该谜题的答案,灯谜术语唤作"谜底"。有时遇到特殊情况,要对谜底进行字序、字形、字音等方面的变化才能互相扣合,则有另外附加的部分"谜格"。举个例子说明,如:

告捷 (打中国电影导演一)

谜底: 陈凯歌

谜面是"告捷",括号内文字为谜目,"陈凯歌"为谜底。题目"告捷",它是公之于众的文字,首先映入了猜谜者的眼帘,故而有"谜面"之称。前人对谜面曾有许多清规戒律,其中最重要的一条是必须用成句,也就是一定得字字有来历,非诗即文,或是现成的词藻,绝不允许制谜者杜撰文词。后来随着时代的变迁,此禁渐被打破,只要成文即可,已不管是前人用过的名句还是今人现撰的词语,但是切忌生造胡编。

至于灯谜的谜底,原则上一条灯谜只有一个谜底,不能同时出场两个底。有时会碰到一种集锦式的谜底,将几个词串在一起与谜

面扣合, 这个仍然算一个谜底, 因它仅是一次性根据谜目要求去吻合谜面, 例如:

集思广益 (打《红楼梦》人名二)

谜底: 赖大家的、智能

谜面是句成语, 意思是"集中众人的智慧, 广泛吸收有益的意见", 谜底经过别解后的意思则为"依靠大家的智慧和能力", 二者的意思正好吻合。尽管谜底包含两个《红楼梦》人名, 但是联合起来扣合谜面, 而不是各管各地去分扣, 所以并无不妥之处。

然而也可能会有这么一种特殊情况, 即一个谜面会猜出两个不同的谜底。真可谓出谜者见仁, 猜谜者见智, 一谜出现了两个底。那我们就得权衡哪个扣得贴切, 得提倡虚怀若谷的气度, 出谜者不必固执己见, 而应从善如流, 让佳者为底了。

笔者曾在某次谜会上出过这么一条灯谜, 谜面为"两所学堂", 打二字出版名词一。我原先的谜底为"二校"(注: 本义为"第二次校对文稿", 现别解为"二所学校"与谜面扣合)。孰料有位灯谜爱好者却猜作"校对"。这里的"对"别解为一对, 整个谜底作"学校有一对"解, 两个字都别解得很巧妙, 显然比我的原底要高明得多。于是我奉上了两份奖品, 以表服膺。

"别解"是灯谜的主心骨

灯谜的核心或者说主心骨是"别解"。"别解"是一种灯谜术语，也有人称为"借用"（见清代李汝珍《镜花缘》）。它利用汉字一字多义的特点，故意将灯谜中的字或词不作原意解释，而是利用歧义，别作一番解释，它好比逻辑学中所说的"偷换概念"，然后使得谜面谜底的意思互相吻合。"别解"是灯谜产生趣味的关键，它犹如相声中的"包袱"，魔术中的"结子"，一经抖开，使人恍然大悟，妙趣横生。所以，有"别解方成谜"之说。我们在猜制灯谜的时候，一定得换个脑筋，牢牢掌握"别解"这把钥匙，才能打开灯谜的大门。

比如一个"白"字，既可以作为"颜色"，又可以看作"道白、说话"，还可以当作"无报偿""无代价"解，等等。又比如一个"会"字，既能表示"理解""可能""擅长"，又能作"聚集""见面"等解。"别解"一定得绕开这些字词的本来解释，否则便成了字词诠释，毫无趣味可言了。

灯谜的"别解"一般来说，最好放在谜底（也就是答案）上。例如有这么一条谜：

润物细无声（打董鼎山散文集一）

谜底：《天下真小》

这条谜的面句是采撷了杜甫《春夜喜雨》里的名句。意思是春雨很小，柔和细腻。而谜底是一本美籍华裔作家董鼎山读书的文集名字, 系借用一句常言而成, 作者感叹世界说大很大, 说小还真小。我们在异乡客地邂逅熟人, 常会说起这话。在扣合灯谜时, 必须对它作别解, 这样才能使谜底谜面的意思贴切。谜底"天下真小"在此解释为"天上下的雨真是细小"的意思。这样, 它才能与谜面"润物细无声"相扣, 这就是"别解"产生的奇妙效果。又如:

航天员退役 (打当代作家一)

谜底: 毕飞宇

谜底原为人名, 可在这儿"毕"从姓氏的名词变成了表示结束的动词, 别解为"结束"的意思, "飞宇"则由人的名字别解为"飞往天宇", "毕飞宇"在此作"结束了飞往天宇 (工作)"解释, 使得它与谜面意思圆合。

除了用在谜底上, 谜面上的文字根据需要有时也会出现"别解", 但无论如何谜底的"别解"不能没有, 否则就味同嚼蜡了。例如:

傍晚多云 (打世界文学名著一)

谜底: 《天方夜谭》

谜面是用了一句气象用语, 原意是傍晚时候天空多云, 但作者在此"明修栈道, 暗度陈仓", 把"多云"的"云"字别解了, "云"在此作说话解, 如"子曰诗云"中的"云"。经过别解处理后, 谜面意思变作天到了傍晚话就多了。谜底原为一本阿拉伯故事书的名字, 现在别解为: 天刚入夜就谈起来了 (方, 作方才、刚才解; 夜, 作晚上解; 谭, 通"谈"), 这就是谜面、谜底双双别解后互相扣合的例子。

猜灯谜的游戏规则

猜灯谜首先要懂得灯谜的游戏规则,这样才可避免走弯路。通晓规则去猜射灯谜,可以收到事半功倍的效果。

灯谜有哪些游戏规则呢?说来很简单,只有两条:

一、谜面与谜底的文字不容"相犯",即不许谜面"露面"。

凡在谜面上出现过的文字,绝对不准在谜底中重复出现(但谜目上出现的文字不在此限)。如果谜面与谜底有文字"撞车",也就是谜底上的字暴露在谜面上,灯谜术语称之为"露面"。"露面"是灯谜中的大忌,要是哪位做了一条谜面"露面"的谜让人去猜,人家按照规则避开谜面上的文字寻思,越是行家里手越是无法猜出。一些初次接触灯谜的朋友不谙这条规则,往往见了谜面上的字,以为抓住了要害,死命地抠这些字,把它们与其他的字搭配成词或扩成句子,结果南辕北辙,猜了老半天还是白搭。如果我们明了这条不许"露面"的灯谜规则,就可以利用规则明察谜面,顺藤摸瓜,悟出谜底。例如有这样一条灯谜:"樱"(打花木一)。懂得上述规则的猜谜者绝对不会朝"樱花"或"樱桃"上去想,因为"樱"字"撞车"了。谜面"樱"作花名解,被誉为"樱花之国"的日本又名"扶桑",因而谜底为"扶桑花"。

二、必须运用字义的"别解"。

灯谜的猜制过程必须经过对字义的"别解"来完成,它才成为一种文字游戏。否则,直解词义不是娱乐,便会与词语解释等同,何趣之有?所以,猜谜者必须遵循凡谜皆应有"别解"这条规则,这样才能迎刃而解,揭穿谜底。可是,有些朋友不懂得"别解方成谜"这条规则,将谜面强作注释,尽管解释得头头是道,仍旧离谜底很远。明乎此,我们遇到灯谜时,要有意识地避开谜底("别解"主要在谜底上)所示内容的原义,而去挖掘它的别种解释,使之与谜面契合。例如有一条谜:牵手成功(打字一)。千万别往"牵手"的本义上去打转转,猜什么"拉""拽""携"等字,应该把"手"别解为偏旁"扌",将"成功"别解为收复台湾的明末民族英雄郑成功的大名,以名扣姓,解释为牵"手"(扌)者乃"郑"(成功),于是谜底便昭然了,是个"掷"字。

　　我们猜了一个谜底后,可以利用上面的两条规则去检验自己猜得对否,如果测试下来,有"露面"之字或是谜底直作本义解释,肯定已经猜错,要是既无"撞车"之字,又具"别解"之意,兴许已一箭中鹄,胜券在握了。

灯谜的四大"谜体"

所谓"谜体",是指灯谜表示谜面与谜底扣合方法特点的体裁。依照谜面与谜底扣合的形式加以分类,灯谜大致有四种体裁,即"会意体""增损体""象形体"和"拟声体"。

谜体的体别一般在谜条上是不注明的,得由猜的人根据谜面提供的文字信息去揣摩,悟出它属于何体,然后对症下药,因"体"制宜地去解开谜底。所以,我们对这些谜体的特点和规律必须有个充分的了解,才能得心应手地去破谜。现介绍如下:

一、会意体。又名"包意体""传神体"等。是灯谜中用得最普遍的一种体裁,有"十谜九会意"的说法。它是根据谜面文字的含义直接扣合谜底,是靠领会文字的意思去完成底面相切的。由于思考时的角度、着眼点不同,它又可派生出"正面会意""反面会意""分解会意"等不同扣合形式。例如:

拒收礼品 (打中医名词一)

谜底: 推拿

此谜直接从"拒收礼品"的意思上去领会,拒收礼品就是推掉,不去拿人家东西的意思,故而谜底为"推拿"。属于从正面去领悟的"会意体"。也有从反面去寻思的,例如:

只招九名 (打成语一)

谜底: 不可收拾

谜面言明只招九人,换言之,则表示不可以招收十人。在此,

"拾"别解为数字"十"的大写,故扣。

二、增损体。又名"离合体""拆字体"或"增损离合体"等。它运用增加或减少文字的笔画或内容的形式,使得谜底与谜面吻合。依照增加、减少、分离、聚合方式的差异,又可衍化出不同的扣合形式。例如:

七(打日用品一)

谜底:增白皂

往"七"字上增加个"白"字,便成个"皂"字。又如:

俪(打唐诗篇目一)

谜底:《丽人行》

要使谜面"俪"变成"丽"字,那上面的"人"必须走掉,所以谜底为"丽人行"。

三、象形体。取字形酷肖,使谜底与谜面得以切合。例如:

一钩残月带三星(打字一)

谜底:心

以"心"字中央的卧钩象形一弯残月,而以三点象形三颗灿星。又如:

IT(打七字俗语一)

谜底:东一榔头西一棒

解谜时得用象形手法,把右面(按地图方位为东)的"T"视作一把榔头(北方人叫锤子),而将左面(按地图方位为西)的"I"看成一根棒儿,因而相扣。

四、拟声体。又名"象声体"。一种专以模拟声音作为扣合手段

的灯谜体裁。例如

　　羊叫 (打词牌名一)

　　谜底:《声声慢》

这里用"慢——"来模拟羊叫的声音,以此与谜面相切。又如:

　　鸡犬之声相闻 (打食品品牌二)

　　谜底: 喔喔、旺旺

前者拟公鸡啼声, 后者模仿犬吠之音, 颇为发噱。

　　我们了解了灯谜的一些基本体裁以后,才能有针对性地根据它的特点去猜谜或制谜, 而具体运用的时候,也往往会出现几种体裁混合使用的情况。

什么是"谜格"

　　谜格，是灯谜中种种特殊规律的总称。它要求猜谜者按照各个规定的格式，把谜底中的字词进行一番加工，使其能与谜面照应吻合。

　　谜格的产生大概可以追溯到灯谜盛行的明代，在明代郎瑛的《七修类稿》中提到了"所宜所不宜之格"。另一位以写传奇剧《宝剑记》闻名的李开先在灯谜专著《诗禅》里也写到了谜格。据《韵鹤轩笔谈》介绍，明末扬州有位谜家马苍山曾整理了十八种谜格："会意、谐声、典雅、传神、碑阴、徐妃、卷帘、寿星、粉底、虾须、燕尾、比干、双勾、钓鱼、含沙、锦屏、回文、重门"。世称"广陵十八格"(广陵，扬州的别称)。其中"会意""典雅""传神"三种今天已作为会意谜体，其余的十五种谜格均沿袭至今，仍被使用着。

　　"谜格"是灯谜发展到一定时期的产物。因为猜灯谜已成为相当普及的娱乐活动，需求量甚大，而灯谜不比别的娱乐可以重复游戏，谜条一旦用过，谜底露过面了，再悬将出来，无异于失去考智意义，毫无趣味可言，所以迫切希望大量创作灯谜问世。在谜作供不应求的情况下，谜作者穷则思变，从谜格中获得启示，开掘谜材的来源，把按常规不能制作灯谜的材料，或从字形上加以变化，或从字音上加以改造，或从字序上进行调动，使它能成为制作灯谜的材料，创造出更多的灯谜来，于是产生了许多谜格。正如清末谜学大师张起南在《橐园春灯话》里所说的那样："可谓谜料者，大都被前人攫去，不得不以人力补天工，庶几另辟一新世界。是格者，不得已而用之者也。"由此可见谜格是为了解谜家谜源危机应运而生的，它为灯谜创作拓阔了路子，同时也增加了灯谜的难度，在一定的程度上，也提高了灯谜趣味的浓度。

谜格从明代至今，经过几代谜家的努力，已达几百种之多，但真正具有使用价值的也就这么十几种，它们和谜体相辅相成，互为表里，成了灯谜扣合技法中的重要手段。我们要掌握猜制灯谜的规律，谜格不可不知。别误认为谜格五花八门，使人眼花缭乱，其实它有一定的定式，反倒可以按图索骥，成为猜谜的一把好钥匙。

格中之王"卷帘格"

灯谜发展到现在，谜格已淘汰了一些，较为有趣而常用的有四种，它们是："卷帘格""秋千格""徐妃格"和"求凰格"，合称为"四大谜格"。

内中最为吸引猜谜者的，当推"卷帘格"了。因为猜这种谜格时，须将谜底犹如珠帘倒卷一般反方向念，逆读后以此文义与谜面意思相合，而谜底又规定必须在三个字以上 (含三字)。

笔者小时候曾见过一条独字的"卷帘格"灯谜，至今难忘。谜面为"到"(卷帘格，打四字市招一句)，谜底是"应时名点"。市招，是一种商家或坊间招贴的广告语，像"各种花露""生猛海鲜""理发请进""禁止招贴"，等等。乍一看此谜底，如堕五里雾中，不知是如何契合的。若按格法去求解，即将谜底中的四个字反过来看，便为"点名时应"。凡上过操场或课堂的，一定会记得点名时的情景。当老师或点名者叫到某某名字时，在场的他 (或她) 一定会应声答道："到！"所以扣合逆读后的谜底"点名时应"，猜者在报底时，再放下"珠帘"，变为"应时名点"(注：此乃饮食店的招贴，意为"应时而上市的著名点心")。

由于谜底按格法逆读后，会产生与原底风马牛不相及的别解谐趣，因而卷帘格深受猜谜者的欢迎，从而获得了"格中之王"的令誉。这里试举一例：

宋、齐、梁、陈 (卷帘格，打楼市用语一)

谜底：全朝南

南北朝时期是中国历史上的一段大分裂时期，南朝依次是宋、齐、梁、陈；北朝则是北魏、东魏、西魏、北齐、北周。谜面的意思是说"南朝"俱已齐全，而谜底按格法逆读则为"南朝全"，正好两相吻合，非常贴切。

卷帘格灯谜比较难猜，必须逆向思维，因此产生的趣味也就浓郁得多了，我们多看几条谜例，便可体会到此格的谐趣所在：

1. 谢绝送礼（卷帘格，打文化用品一）谜底："情人卡"

2. 只此独有（卷帘格，打唐诗篇目一）谜底：《无家别》

3. 年逾而立（卷帘格，打古书合称一）谜底："十三经"

4. 不忘南京大屠杀（卷帘格，打鲁迅小说一）谜底：《狂人日记》

第一条谜底按格法，逆读为"卡人情"扣合，别解为"卡住了别人送人情"（人情，作"礼品"解）。第二条谜底倒读作"别家无"，别解为"别家没有"之意照应谜面。第三条谜底逆序为"经三十"，别解为"经过了三十岁"。最后一条，谜底反过来念为"记日人狂"，正好与面句之意切合，故扣。

这种以逆转谜底字序为能事的谜格，因为逆向后常有意想不到的"别解"效果，特别有趣，故而猜的人爱猜，制作者也乐撰。然而一条好的"卷帘格"灯谜，应如清代大谜家张起南在《橐园春灯话》中所说的那样："必事实确凿，字字贴切，不可移易。又须读之，自成文理，无佶屈聱牙之弊，乃为上乘。"这里的"读"自然是逆向而读的意思了。

简单有趣的"秋千格"

　　如果我们了解了"卷帘格"的格法要领，再来看"秋千格"的话，那就容易得多了。因为它的格法与"卷帘格"如出一辙，也是将谜底的字序逆向以后来与谜面相扣的。唯一的不同之处是谜底的字数规定为两个字。正是这个规定，让猜谜的人可少走许多弯路，只消在两个字的逆序上寻思追索谜底便行了。话虽这么说，但是逆向构成的词语与还原后的谜底的意思迥然不同，这才产生了让人回味咀嚼的谐趣。所以"秋千格"受人欢迎，得以名登"四大谜格"之中。

　　关于格名的出处，据传"鞦韆"（qiūqiān）本是一种引自北方的民俗运动，在架子上悬挂两绳，下拴木板，人在板上荡木晃动。一说本作"千秋"，出自汉宫祝寿词"千秋万岁"。后倒读为"秋千"，又转为"鞦韆"。后来玩谜的人就将两字逆读的谜格命名为"秋千格"了。请看一例：

　　票贩子（秋千格，打中药名一）

　　谜底：牛黄

　　大家知道，人们将票贩子喊作"黄牛"，按格法将两个字的谜底逆读后则成"黄牛"，适与谜面之意契合。又如下列一谜：

　　谢绝馈赠（秋千格，打《唐诗三百首》篇目一）

　　谜底：《送别》

　　此谜的谜底也为两个字，应是王维五言古诗篇名《送别》，按

格法须将两字逆读成"别送",不正好与"谢绝馈赠"的意思吻合吗? 再看下面一条:

百合汤 (秋千格, 打厨房用物一)

谜底: 水斗

按格法,将"水斗"这两个字反过来读,成"斗水"与"百合汤"相扣。这里的"斗"和"合"都要别解为容量单位,旧时一斗等于十升,一升等于十合 (读作gě), 换言之,"百合"即为一"斗",而"汤"是"水"的意思,故而相扣。

最后,我们再来看一条:

当即挥毫 (秋千格, 打文化用品一)

谜底: 书立

按"秋千格"的规定,将两字谜底"书立"逆读作"立书",此处的"立"别解成副词,作"立刻"解,如成语"当机立断"中的"立"。而"书"则别解为动词,作"书写"解,由此扣合谜面。"书立"是一种夹书放书,将竖放的书本固定不倒的文具,一般以铁、不锈钢、塑料为材料制成。由此可见,"秋千格"谜虽然简明,却蕴藏着浓郁的趣味。

半面之妆 "徐妃格"

　　徐妃格，它的名字取自《南史·后妃传》"妃以帝眇一目，每知帝将至，必为半面妆以俟，帝见则大怒而出"。这位徐妃，即成语"徐娘半老，风韵犹存"中的徐娘，她的芳名为徐昭佩，因见梁元帝萧绎瞎了一只眼睛，心中不悦，故意找茬，仅仅妆扮半个面容，借此嘲弄萧绎，意思是皇帝既然只具一目，所以只消半妆之面，让他看看就够了，惹得元帝恼怒不已。唐代诗人李商隐曾有《南朝》诗句："休夸此地分天下，只得徐妃半面妆。"后来，谜人就将用掩去一半谜底与谜面相扣的谜格命名为"徐妃格"。

　　徐妃格，由来已久，初见于明末清初扬州人马苍山所列的"广陵十八格"。该格谜面字数不限，但谜底字数规定二字以上，同时必须字字偏旁相同。解谜时，应将相同的偏旁摒去后，以剩余的文字与谜面相扣。笔者初学灯谜时，曾见一谜："依然故我"（徐妃格，打树木名一）。猜了好久，未能射中。后来才获知谜底为"梧桐"。原来按格法，掩去相同的偏旁——木字旁，再以"吾同"扣面，别解为"我还是相同的我"（吾，作"我"解）。还曾见到前辈谜人用《论语·子罕》中的名句为谜面的：

夫子循循然善诱人（徐妃格，打腔肠动物一）

谜底：蚯蚓

　　按格法，掩去谜底"蚯蚓"中的相同偏旁——虫字旁，以"丘引"与谜面吻合。这儿的"丘"作孔子的大名孔丘解，隐合谜面中的"夫子",而"引"则作"引导"解,故而相扣。

还有人制有这样的谜面:

有劳先生(徐妃格,打介壳类水产品一)

谜底:螺蛳

按格法,将谜底的相同偏旁——虫字旁掩去后,以"累师"与谜面相切。此时文意已别解为"劳累老师了"之意。

我们再看下面的例子:

1. 完成多少(徐妃格,打纺织品一)谜底:哔叽

2. 以假乱真(徐妃格,打珠宝一)谜底:玳瑁

3. 万绿丛中一点红(徐妃格,打中药一)谜底:硃砂

4. 江东大将有两名:甘兴霸与吕子明(徐妃格,打水果一)谜底:柠檬

第一条,按格法掩去"口字旁",以"毕几"(别解为"完毕了多少"之意)扣面。第二条,掩去"斜玉旁",以"代冒"扣面。第三条,掩去"石字旁",以"朱少"扣面,"朱"作"红色"解。第四条则掩去"木字旁",以"宁蒙"扣合谜面,原来三国时东吴那位"百骑劫魏营"大将甘兴霸,名唤"宁",那位"白衣渡江"袭擒关羽的吕子明,大名为"蒙",故而相扣。

成双作对的"求凰格"

　　求凰格，旧时称"锦屏格"，又有人叫它"鸳鸯格"。据说，格名出自古琴曲名《凤求凰》，取其巧相配偶之意。原先出现的时候，并未标示格名，后来为提请猜者注意，相沿成习，才将它定为谜格。例如有一条古谜，谜面采撷葫芦科的多年生藤本药用植物名"王瓜"，要求打《礼记》一句，谜底为《礼记·明堂位》上的"配以后稷"。谜底的意思是"后稷"二字正好与谜面上的"王瓜"相对偶。它以"后"对"王"，称谓上相对；又用"稷"与"瓜"相对，植物名相对。而且字的声调平仄也相对，"后稷"两个仄声字对"王瓜"两个平声字。这里的"配以"虽属附加字，然是点明"对偶"意思的关键纽带，绾在一起，意思连贯，浑成贴切。还有一条旧谜，谜面是用的地名"玉门关"，并标示"求凰格"，打五言唐诗一句。谜底为李白《宫中行乐词》诗句"金殿锁鸳鸯"。以"金殿锁"与"玉门关"相对，而"鸳鸯"二字是格名的昭示，意思是成双相配，此谜既词义对仗工稳，又平仄相协合律。

　　至此，我们可以明了"求凰格"的大致格法格规了，谜面字数不限，仿佛是一副对联的上联，而谜底要与它相对，又好像是对出的下联，同时缀上表示成双作对意思的"附加字"。随着时间的推移，"附加字"已不限于"对""配""鸳鸯"等字词了。灯谜界现今常用的"求凰格"附加字有以下这些：双、会、伍、齐、匹、比、联、合、偶、缘、夫妻、姻缘、良缘、比翼，等等。例如有这么一条谜：

地道 (求凰格, 打黄梅戏一)

谜底:《天仙配》

这里以"天"对"地",名词相对;以"仙"对"道",名称相对;"配"为表示成双作对的"附加字"。此谜妙在"地道"对"天仙"(仄仄对平平),乍看风马牛不相及,拆开一看,字字相对,对联中称为"无情对",深合灯谜中"回互其辞"的巧思之意。又如:

尖刻 (求凰格, 打国名一)

谜底:比利时

该谜以"利"对"尖"(仄对平),形容词相对;"时"对"刻"(平对仄),时间名词相对;"比"乃表示成双作对的"附加字"。还有以植物为谜面打地名的:

紫苏花 (求凰格, 打新疆地名一)

谜底:乌鲁木齐

此处以"乌"对"紫"(平对仄),颜色相对;"鲁"对"苏"(仄对平),地名相对;"木"对"花"(仄对平),植物相对;"齐"是表示成双作对的"附加字"。再看一条:

新市容 (求凰格, 打京剧一)

谜底:《古城相会》

上谜,以"古城"对"新市"(仄平对平仄),地名相对;"相"对"容"(仄对平),名词相对;"会"便是表示成双作对的"附加字"了。

能教有格成无格

　　灯谜中出现谜格，实在是不得已而为之的事。因为要拓宽谜材，制谜者不同程度地将不理想的谜底进行改造，使之利用别解能达到底面扣合。有的是在谜底字序上进行调整，有的是在文字字形上加以改造，有的则是从字的读音上实施掩饰，等等，不一而足。谜格，固然对制谜者扩充谜底有好处，然而对猜谜者而言，无疑设置了不少障碍。因为你得熟悉各种谜格的解法和规矩，否则只能望谜兴叹，一筹莫展。

　　一些善解人意的灯谜作者，慧心独运地将需用谜格方可制作的谜底材料，巧行谋划，使它即使不用谜格也可成为底材，配置出相应的谜面，让人猜乐。

　　我们先来看看需要调动字序方能成为谜底材料的例子。比如有一味中药叫"牛黄"，如果逆读成"黄牛"就是很好的材料，当然得标示"秋千格"才行。倘若是须逆读三个字以上的，那就得指明"卷帘格"方可。现在不用这些谜格，仅在谜面文字中隐示猜者须倒过来扣合，猜者如能领悟此意，那么谜底也就昭然若揭了。有这么一条谜："掉头望见票贩子"（打二字中药名一）。谜面前四字"掉头望见"，分明在暗示解谜时须逆向看，"票贩子"俗称"黄牛"，逆向（掉头望）便见"牛黄"，正是谜底。在此，自然省却用"秋千格"了。又如"转身看到汴梁城"（打二字电商一），"转身看到"也是作者交代须逆着猜的意思，汴梁城（今河南开封），宋代称为"东京", 逆看则为谜底"京东", 也是节约掉了一个"秋千格"。再如"回顾香岛好祥和"(打三字外国地名一)。谜面上的"回顾"别解为"回头看", 这里也是交代须逆看解底:"香岛"指香港, 扣"港";"好祥和", 即"大大吉祥"之义, 扣"大吉"。将"港大吉"三字倒看, 则是孟加拉国地名"吉大港", 便为谜底。自然也就不消"卷帘格"出场了。

有的谜格是巧用谐音的, 如谜底全部用谐声字取代的叫"谐声格"(又称"梨花格"), 个别字读谐声的, 首字者叫"白头格", 还有"粉颈""玉带""鹤膝""粉底"诸格。有位制谜者别出心裁地省掉"谐声格", 以"闻道对枰已失利"打香港影星一。他在谜面上用"闻道"二字点出解谜须听字音的关键。而后五字"对枰已失利"是说下围棋已经输掉, 也就是"输棋"之意, 此二字字音同"舒淇", 故而相扣。还见有人以"听上去羞人答答"打国名一。作者用"听上去"暗示读谐声, "羞人答答", 腼腆之义, 与其谐音的国名为"缅甸"为谜底。也有用格名"白头"来隐指谜面上关键字的首字读谐声的, 如以唐代元稹《行宫》中的诗句"白头宫女在"为谜面, 要求打七笔字一。"白头"指"宫女在"三字中的首字"宫"须用同音"白字"(谐声字)来代替, 我们可取一"公"字, 再让"女"字在其旁, 则为谜底"妐"(注: 读zhōng, 丈夫的父亲或兄长)。同样手法, 同样谜面, 还可打京剧剧目名一, 谜底为《红娘》。这里的"红"别解为"女红"的"红", 古汉语中同"工"字, 与"宫"同音;"娘"作年轻女子解, 故而相扣。

谜格中有一种"遥对格", 又叫"鸳鸯格", 是从对联中移植过来的产物。它犹如袖珍对联，谜面仿佛是上联，谜底据谜面对出下联，只是不似传统对联那样严格——上联的末字必须是仄声字，下联的末字一定要平声字。但求平仄相对，结构相同，别解后的词性一致就行。这种入谜的对联，当以"无情对"最佳，谜面与谜底意思越风马牛不相及越有趣。如以观赏植物名"文竹"（遥对格）打《水浒传》梁山好汉"武松"。"文"对"武"，名词对名词；"竹"对"松"，植物对植物；声调平仄对仄平。这谜必须标明"遥对格"，不然猜者无从下手。不过，有的灯谜作者采用在谜面上写明要"对"一下才行，这就将谜格简略掉了，倒也不失是聪明之举。例如以"必须面对申城人"为谜面，要求打三字《水浒传》中梁山好汉的诨号一。谜面前四字是暗示应该与谜面中的"申城人"相对偶，如同对对联一般，视此三字为上联，据此相对，我们细加寻思，第一字"申"可别解为地支名，需用地支"丑"与其相对，且以仄声对平声；次字"城"为地区名词，不妨以"郡"与它相对，仄声对平声；末字"人"，则能用"马"相对，名词对名词，仄声对平声。如此一来，谜底跃然而出，为"丑郡马"（梁山好汉宣赞的诨号）。还有一条也很有趣，它以"遥对石家庄"为谜面，要求打《三国演义》人名俗称一。谜面上的"遥对"隐示须用对偶形式，当以"石家庄"为题，求出对偶词语。首字"石"仄声，作姓氏解，可用平声"乔"相对；次字"家"平声，可以仄声"国"相对；末字"庄"平声，作道家代表人物庄子简称解，可用仄声"老"相对，也作道家代表人物老聃的简称解，世以老庄并提，二者相对，铢两悉称。所以，谜底应为孙策、周瑜的老丈人"乔国老"。

　　除了上述这些谜格外，要数去掉左右相同偏旁后扣合的"徐妃格"和掩去上下相同部首的"摘遍格"最让制谜者费心耗神了。前者如"依然故我"（徐妃格，打树木一），谜底："梧桐"。解谜时，按格法掩去相同的木字旁，以"吾同"扣合谜面，别解为"我还是相同的我"。后者如"不相上下"（摘遍格，打蔬菜名一），谜底为"茼蒿"。解谜时，按格法去掉相同的草字头后，以"同高"扣合谜面，别解为"同样高度"。遗憾的是，只要一标出这两个格名，猜的人马上就会想到谜底中的字皆为部首相同者，难度顿减，兴味随之也就索然了。于是，不少灯谜作者就回避去掉相同部首的做法，尽量不用这两格，另辟蹊径，化有格为无格。例如以"双方未曾相遇"为面，打日式调味品"味噌"，将两个"口"字看成两个方格，以"双方"（两个口字旁）与"未曾"二字相遇，组成谜底。无独有偶，也有人以"水下技艺颇精"打广东地名"湛江"。谜面暗示将水字旁撤下，则是"技艺颇精"之意，故扣"甚工"，别解为"非常工于、精通"。两谜皆省去了"徐妃格"。此外，笔者还见过一条放弃"摘遍格"的趣谜，谜面为"早为人母四十载"，打水果名一，谜底为"草莓"。作者以"四十"来代替两个草字头，"载"作添加之意，加在"早每（人母）"之上，绾合成谜底，既曲折有致，又避免了标示谜格露出相同部首的尴尬，真是明智之举。

谜目延伸有讲究

在灯谜中，规定猜者视谜面后，提示谜底范围与多少的文字，我们称之为"谜目"。一般说来，谜目范围比较简洁、单一，例如"打字一""打成语一""打影片一"，或是"打现代作家一"等。最多在数量上加码，例如"打国名二""打中药名三""打少数民族四"乃至"打《聊目》(即清代蒲松龄小说《聊斋志异》目录) 四"等。

随着灯谜活动蓬勃开展及创作手段的日益丰富，制谜者便对谜目进行大胆拓宽，加以适度延伸，先是从旧谜中得到启发，从中窥到了可供开掘的资源。例如有这么一条谜，谜面用的是《诗经·卫风·氓》中的首句"氓之蚩蚩"，打古人一，谜底为"汉张良"，即冠上了朝代名的刘邦第一谋士之名字。谜面的意思是"这农家小伙子，看上去憨厚老实"，谜底应别解为"这汉子望上去很好"，故而相扣。又如以"卸肩"为谜面，打古代画僧一，谜底为"释担当"。"释"即为"释迦牟尼"简称，后用来指代和尚。谜底别解为"放下了担子的承当"。这种与原来单一谜底有着有机关联的成分加入后，顿使底材丰富起来，巧行别解后也酿出了更多的谐趣。这类向前延伸谜目的灯谜一经出现，很受射者欢迎。于是制作者纷纷学样，这种"谜目前伸式"灯谜，约定俗成地在谜目中用一"冠"字标示。例如"次日回村"，打冠朝代名文学家一，谜底为"明·归庄"。也有人用"翌日张允和出阁"打冠朝代名文学家"明·归有光"，张允和女士为"汉语拼音之父"周有光先生夫人，故扣。还有冠两样的，如"共同宣言"，打冠数量、颜色纺织物一，谜底为"一块白布"。这里的"一块"别解为"一起"，"白布"别解为"说话宣布"。

除了向前延伸外，谜目还有"后延式"的。通常皆用"连"或"带"表示。如"聊天不侃荤段子"，打西式食品原称连现称一，谜底为"白脱、黄油"(注：别解为"说话回避黄色与油滑")。谜目延伸应与主题词相关，切忌硬凑随意增补，能有机结合者为上品。例如作家连作品、古典小说人名连诨号、土特产冠产地、物品冠数量，等等。过于繁复，往往令猜者头痛。我们在标示谜目时，还得尽量避免出现谜底中的字，当然实在避不开的也就只好"撞字"了。好在灯谜规则中，只禁止底面文字"相犯"。曾见有这么一条谜，谜面为"魏蜀吴鼎足势定起战事"，要求打冠制造地摄影器材一，谜底为"国产三脚架"。解谜时，谜底应别解为"国家之产生，犹如鼎足三个，且在争斗、打架"。作者在谜目中不标"冠产地"而是以"冠制造地"代替，就很规范，值得肯定和效法。

猜谜的诀窍

我们常常遇到一些喜欢猜谜，却不谙猜谜门道的朋友，他们兴致勃勃地拿了谜条在手，不是苦思冥想仍不得其解，就是无的放矢地乱猜一通，结果扫兴得很，一条也猜不出。这些初涉谜场者一定在想，要是能掌握猜谜的诀窍就好了。

那么，猜谜的诀窍究竟是什么呢？又怎样才能掌握它们呢？

猜谜的诀窍指的是猜灯谜的方法和规律。猜谜诀窍掌握得是否得心应手，首先取决于猜谜的人肯不肯动脑筋，其次是看他对灯谜知识是否熟悉，还有就是他文化知识水平是否达到一定的高度。须知猜灯谜与思想上的懒汉、文化知识上的贫血儿是毫无缘分的。

一般来说，猜谜的诀窍主要包括以下几点：

一、牢记谜面、谜底不允许文字重复出现的规则，猜时有意识地不把谜面上的文字放到谜底中去，使自己少走弯路。

二、在整个猜谜过程中，时时不忘运用"别解"手段破谜。

三、在猜谜时，反复阅读谜面，结合有关谜体的知识，逐一试用适应各体特点的猜谜方法破解谜底。

乍一看来，不标明谜体的谜条，要确定它究竟属于何种谜体似乎无从下手。其实只要我们细心观察，凝神思考，再逐一试猜，是不难区分的。

譬如我们见到谜面的字里行间出现含有增加、减损、分离、组合等意思的词语，十有八九是属于"增损体"，用拆拆拼拼的方法去解决, 管保奏效。如有一谜: "他去也, 怎把心儿放"(打字一)。
看上去是一句情话, 但仔细一检索, 你会发现个中含有 "去""放"
二字, 皆有 "损" 意, 显然属 "增损体", 这谜底是 "作" ("他" 字去
掉 "也", 为 "亻"; "怎" 把 "心" 放弃, 为 "乍"。两下里合为 "作")。
又如: "猫儿捕鼠声"(打世界漫画名著一)。此谜面上有动物叫声,
无疑是 "拟声体" 最好的注脚。我们不妨从这一对天敌发出声响的
拟声词中去找谜底, 原来是《父与子》: "父——" 拟猫儿发怒之声,
"子——" 拟鼠儿惊叫之声。如果谜面上出现许多形象性的描绘, 则
往往就是 "象形体" 的标志, 如:

"浮云遮月"(打外文字母一)

谜底: "Q"

假如有的谜并不像上面所说的那样明确, 那就得考虑它恐怕是
"会意体" 了。例如:

试卷59分算及格 (打珍稀动物一)

谜底: 考拉

谜底别解为 "考分拉成及格"。考拉, 即澳大利亚树袋熊。又如:

涂改履历 (打古书名一)

谜底:《易经》

谜底中的 "易" 别解作动词 "改变", "经" 作 "经历" 解。上述二
例皆是 "会意体" 的灯谜。

当我们识别了该谜属于何种谜体后, 要采用相应的方法去解
答, 然而由于同是一个谜体, 其扣合角度是多方面的, 故而猜法也
就各异, 所谓 "一把钥匙开一把锁"。

多明字义好猜谜

人们常说"谜贵别解"。不少灯谜作者为了能出其不意地将谜中之字作别一番解释，狡黠地将易被人们忽略或较为陌生的文字义项拈出，谋求与其相应的题面或谜底，用这种避熟就生、巧借僻义的手法来与猜谜者周旋斗智。因此，对猜谜者来说，应该尽量多地掌握一个字的各种字义，包括它的本义、引申义，甚至古汉语字义等。头脑里的信息储存得越多，猜破谜底的概率也就越高。

好多年前，我曾在一本谜刊上见到这样一条谜，谜面为"笑里藏刀"，要求打梅（兰芳）派京剧剧目一，谜底是"《俊袭人》"。猛一看，似乎令人费解，再一琢磨，你不由得不佩服作者的巧思妙构。大家熟悉成语"忍俊不禁"，意思是"忍不住要笑出来"。"俊"在这里应解释为"笑"，作者避开了"俊"作"貌美"解的常用义项，而是选取了比较陌生的诠释，让猜者陷入"百密一疏"的困境，有出奇制胜的效果。后来，又见有人以"老是在笑"打《红楼梦》中的人名"陈也俊"。这里，"陈"作"旧"解，"俊"取其冷门义项作"笑"解，故而相扣。

我们采用习见成语中个别文字的古汉语义项入谜，常常会产生令人出乎意料的效果。猜中者自有破阵斩获之欣喜；猜不中者，一旦揭晓，当有恍然顿悟之快慰。例如一次谜会上，有人用"也曾有意相邀请"为面句，要求打病症一。结果被一位医务人员猜中，谜底乃"心动过速"。原来"速"在此别解为"邀请"，犹如成语"不速之客"(未曾邀请而来的客人)中的"速"。又如以"额上皱纹少"打调味品"头道鲜"(注: 别解为"头上的道道儿很少")。此处的"鲜"作"很少"解,与成语"鲜为人知"里的"鲜"意思一样。

除此之外,还有运用字的古义解释的,虽然生僻了一点,但知识含量高。通过猜射灯谜,可以多识汉字,多明字义,满足好学者的求知欲,所以很受群众,尤其是学生及其家长们的欢迎。

记得有一年除夕,笔者在上海梅陇文化馆迎新谜会上出过一条谜,谜面为一个"童"字,要求打成语一句。经过启发,一一分析"童"的字义,层层剥茧,最后揭示出"秃发"义项,求出谜底为"一言不发"。"童"扣"不发",不长头发,如"头童齿豁"之"童"。"一言",即一个字。整个谜底别解为"一个表示不长头发的字"。还有一次,我有意识地将一组反义的文字分别撷入谜中。一条是以"古都"打《红楼梦》人名"陈也俊",另一条以"寝室"打五言俗语"丑陋夫人相"。在古汉语中,"都"有貌美的意思,反过来长得丑陋叫"寝"。前一谜以"古"扣"陈","都"扣"俊";后一谜以"寝室"别解为"相貌丑陋的家室(太太、夫人)",俗语的本义为"长得难看者往往是贵夫人"。

比较有趣的,是一些常见物品的古称运用,别解后缀入谜中,深具"知""趣"等海派特色。例如下面三条谜:

茭白撤下上白酒(打苏州评弹术语二)

谜底: 蒋调、选曲

茭白,古称"蒋";曲,别解为白酒,如大曲、二曲、特曲等。

出来(卷帘格, 打中国名胜一)

谜底: 麦积山

按格法, 逆读作"山积麦"。"出"扣"山积";"来", 小麦的古称。

烟囱冒火 (打常用词一)

谜底: 突然

烟囱, 古称"突";然, "燃"的本字。

所以, 我们有机会多明了汉字的字义, 对于猜射稍有难度的灯谜是大有裨益的。

熟谙别称能破谜

有一位资深谜人曾说过这么一句话:"其实,灯谜是一种经过'别解'处理后的同义词语置换游戏。"话虽然过头了一点,但也不是毫无道理。因为要谜面与谜底的意思吻合,大多采用同义词语互相扣合的形式。当然必须遵循要用"别解"手法,而且谜底谜面不许出现相同的文字,也就是不能让底面文字"撞车"。这么一来,许多专用名词的"别称"便成了制谜者垂青的对象。他们巧行"别解"、妙用异称、细加掩饰,撰成趣味十足的灯谜,来与猜者进行智力"捉迷藏"游戏。

在丰富多彩的汉语词汇中,同一事物有着许多不同的名称。常用的通常称为正名,也叫本名或通称,其他的则叫异名、别名或别称等。同物异名,是汉语词汇里非常普遍的现象,诚如某位语言专家所言:"它存在于自然科学和社会生活的各个领域,诸如天体气象、岁时节令、山川平原、居室处所、花草虫鱼、服装饰物、馔馐饮食、器用物品等,几乎无所不包。"善于捕捉谜材的灯谜作者,便经常利用事物本名与异名相扣的手法,撰制出各种融知识与趣味于一炉的灯谜来。如果我们对谜中涉及的事物别称、异名知道得越多,那么对于参透谜条上所蕴玄机的能力也就越强,猜破谜底的命中率也就越高。就好比你弓囊袋里的利箭装得满满的,射起"文虎"(灯谜的别称)来便得心应手了。

一般来说,用得较多的是植物和动物的名字。例如"忌食莱菔",打古典文学名词"卜辞"。因为萝卜又名"莱菔","卜"在此已别解为萝卜的简称，"辞"作动词"告别"解。又如"俗称马铃薯"，打食材二，谜底为"山药""蛋"。将谜底中的二物凑合，适为土豆的俗名"山药蛋"。写到这儿，笔者不禁想起另一条谐谜来："分送土豆"，打现代作家群一。谜底为"山药蛋派"(注：派，派送)，作者也是用别称、异名相扣的。最近，在一次谜会见到两条运用花卉别称、本名互扣的灯谜，颇有摇曳生姿之趣。一条是"牡丹最怕大雨淋"，要求打先哲孟子的五字名言一句。还有一条为"名厨手拥洛阳花"，打冠誉称国画家连作品一。前者出现的花名为"牡丹"，后者则是"洛阳花"，倘若你熟悉它们各自的别称和本名——"富贵花"和"石竹"的话，谜底便不难揭穿。一为"富贵不能淫"，一为"大师、傅抱石、竹"。前一条谜底应别解为"富贵花是不能雨水过多的"(注："淫"字的本义为雨水过多，有"久雨为淫"之说)；后一条须用顿读法解底，须读作"大师傅／抱石竹"(注：名厨俗称"大师傅"；抱，拥；石竹，洛阳花之本名)，可见别称、本名及简称相互扣合的酿造谜味之功。

　　介绍过植物，我们再谈谈动物。灯谜中常用十二地支与十二生肖(皆为动物)互扣，单纯以动物本名与别称相切合者并不多见。旧谜中，曾见以俗语"好狗护三家"为谜面，打唐代诗人"卢照邻"，谜底别解为"良犬韩卢照顾着邻家"。"卢"在此作"良犬"的别名解。有位"戏迷"谜人做了一条让人忍俊不禁的发噱灯谜，谜面为"龟蛋"，要求打京剧合称一。经揭晓，谜底为京剧《红鬃烈马》的别名"王八出"(注：指以王宝钏为主角的《彩楼配》《三击掌》《投军别窑》《探寒窑》《武家坡》《算军粮》《银空山》《大登殿》等八出京剧合称)。"王八"在这儿别解为乌龟的异称,谜底作"王八所生出之物"解。

有时候,一些灯谜作者故意避开人们习知的别称,弃熟就生,用冷门的异名制成灯谜。虽说难了一点,但因内中含有知识元素,可以满足人们的求知需求,所以很受猜谜群众欢迎。

例如有人以唐代杜牧《江南春》诗中的名句"水村山郭酒旗风"为谜面,打成语一句,谜底为"望子成龙"。谜底中的"望子"本义为"盼望儿子",现别解为古代酒家招揽吃客的赫然写有"酒"字的广告旗,古称这类广告布旗为"望子",酒旗也叫"酒望子"。整个谜底应别解为"迎风招展的酒家'望子'如游龙一般",其景如绘,颇具空灵之妙。

还有人用"馄饨馅儿"为面,卷帘格,打外国地名一。此谜的关键词为"馄饨",必须知悉其别称方可破谜,经探查得知有以下别名:扁食、云吞、毕罗、等等。馅儿是放在皮子内的,在众多别名中唯"毕罗"似与外国地名译文有关,据此顺藤摸瓜,谜底遂渐见端倪,当为"内罗毕",按格法,逆读作"毕罗内",正好别解为"馄饨内里之物",恰与面意吻合。更有人以"温泉邮票"为谜面,去打房屋装潢用物名"热水龙头"。盖因民间称邮票为"龙头",由于清季我国的邮票多以龙为图案,故得此别称,"热水"则扣"温泉"。邮票还有"方寸之物"的雅称,于是慧心的撰谜人就以此别称入谜,以"邮票颠三倒四"打四字成语"方寸已乱",可谓"戏法人人会变,各有巧妙不同"。有的时候,一条灯谜里会出现多个本名别称互扣的情况,不必犯愁,将一些关键词拈出,逐个以异称或本名予以相扣,从而叩开谜底大门。请看下面两个例子：

    1. 显贵的名片与信札 (打水产一)

    2. 书函尽写中药方 (卷帘格, 打菜肴一)

    第一条谜例，关键的物品为"名片"和"信札"，先找出它们的别称，古代称名片为"名刺"(简称"刺")，而信札有"鱼书"之别名，可以"鱼"简称。"显贵"作"显得昂贵"解，可扣"昂"。这么一解，谜底昭然若揭，为"昂刺鱼"。第二条谜例中也有两个关键物名，即"书函"与"中药方"，如上所述，书函可别称"鱼"，中药方旧称"汤头歌诀"，简称"汤头"。明乎此，则可忖度出"鱼、汤头"三字，再按格法逆读成"鱼头汤"，便是谜底。

    甚至还有人干脆用起方言词来，例如以"章府"为谜面，打文化场所"图书馆"。在吴方言里，印章又叫"图书"，以此相扣还蛮有乡土风味呢。

    由此看来，我们应该遵循孔老夫子的教诲："多识于鸟兽草木之名"。平时多浏览名物图书，扩大知识面，有意识地储存些物名别称，对于涉猎谜场，弯弓射谜而言是大有好处的。

灯谜中的"承上启下"

通常我们遇到的灯谜,不管它是什么体裁,一般都是就谜面的文字去猜底。唯独有一种"承上启下"的灯谜与众不同,它须有谜面引出后文,联想下句之意才能旗开得胜。倘若不懂得这个诀窍,硬是就面论面,纵然绞尽脑汁,搜遍枯肠,也是白搭。

这类灯谜有个明显的特征,那就是谜面往往"话到舌头留半句",多半用现成的诗词文句或歇后语、多字格成语,而且只写了诗文的上半句或这些熟语的一部分,落下的部分该由猜者去琢磨了。举个例子,如有这么一条谜,用南唐后主李煜《虞美人》词句为谜面:

问君能有几多愁?(打成语一)

根据"承上启下"的原则,我们马上联想到它的下句:"恰似一江春水向东流。"这是条设问的灯谜,要结合"答问解谜法"一起猜,需补上"应答"二字,谜底是"应答如流"。又如这么一条谜:

春色满园关不住(打《水浒传》人物诨号二)

谜面为宋代诗人叶绍翁《游园不值》中的名句,它的下句为:"一枝红杏出墙来。"一枝杏花毫无遮拦地开于南墙外,谜底的信息就从下句透出,原来是:一枝花,没遮拦(分别为梁山好汉蔡庆和穆弘的绰号)。如果不用"承上启下法"去思考,是很难中的的。

也有用熟语等作为谜面的,如:

山中无老虎(打茶叶品名一)

灯谜谐趣园

谜面用的是歇后语,它藏尾露头,我们可承上启下从它隐去的"歇后"部分中去探索底蕴。大家知道这条歇后语完整的是:"山中无老虎——猴子称大王。""猴子称大王"也就是猴子为魁首的意思,所以谜底是:"猴魁"。

猜这类灯谜,要求猜者具备一定的古典文学知识,能够一见上句,即可对出下句,这样才可"启下"自如,猜出谜底。

一语双关的灯谜

　　"一语双关法"是一种比较复杂的猜谜方法，它是在猜射会意体灯谜时使用的。所谓"一语"是指谜面文字，而"双关"是指这些文字要经过两次不同义项的别解，让它们并列在一起，这就是谜底。所以实际上谜底被截为两段，分别扣合谜面 (谜面则是视作一个整体)。这类谜的谜面字数大多为一个字 (也称"独字谜") 或两三个字。因此，我们遇到字数很少的谜面，在其他方法皆无法解底时，不妨用此法一试，兴许能一举攻下。举个例子：

　　服 (打白居易《卖炭翁》诗一句)

　　我们用"一语双关法"试猜，先看看"服"有几种解释。一、作衣裳解，如便服、军服、西服；二、作吃 (药) 解，如服药的"服"；三、作担任 (职务) 或承担 (义务或刑罚) 解，如服役、服刑的"服"；四、作服从解，如心服口服的"服"；五、作适应解，如水土不服的"服"；等等。我们若以第一、第二义项分别去扣合的话，一为"身上衣裳"的意思 (取第一义项)，一为"口中食"的意思 (取第二义项)，"食"在此作动词"吃"解，恰好与《卖炭翁》中的"身上衣裳口中食"相符，这就是谜底。如果只是单打一地从"服"上去猜想，是无法解出的。还有一例：

　　米兰 (打中国城市的别称一)

　　我们从谜面上可以获悉，"米兰"是一种香气很浓的花卉，同时又是意大利第二大城市的名字。一个"花"，一个"城"，皆由"米

兰"一语绾合,所以谜底是:花城 (广州的别称)。再看一例,谜面也是一个字:

欢 (打四字常言一)

谜面"欢"字,拆开是"又欠"二字,意为"债务又多了"。而"欢"的本义为高兴,换言之,是"不忧愁"。一个"债多",一个"不愁",都是由"欢"引出,故谜底为"债多不愁"。

"一语双关法"虽然难了些,但它由风马牛不相及的两个义项别解而成的字词绾合成底,既在意料之外,又在情理之中,产生出奇妙的效果,使人兴趣盎然。

"金蝉脱壳"的灯谜

"金蝉脱壳法"又名"自行抵消法",即在谜面或谜底上利用自行抵消文字,仅以剩余的文字扣合谜面与谜底。先介绍在谜面上自行抵消的情况。如果谜面上出现一些含有减字意思的字词,如"出""没""不""空""走""离"等,可以考虑用此法。如:

大油田出油 (打字一)

我们一看谜面,就可发觉此谜有自行抵消的可能:"大油田"三个字里"出油",剩下"大""田"二字,"大田"合为"奋"字,即为谜底。又如:

孤老不孤有人助 (打字一)

谜面仍可自行抵消:"孤老"里不 (要)"孤"字,正好剩一"老"字,"有人助",把"老"与"人"合起来则为"佬",便是谜底。

但是,"金蝉脱壳法"用得最多的情况还是谜底文字的自行抵消,这就不如摆在面上那么容易发现了,不过它还是有线索可寻的。它大多是集锦式谜底,包含两个以上的词,而且总是一部分谜底为"被减数",另一部分谜底为"减数",并且谜底中嵌有表示抵消意思的字词,如"失""少""无""去""解""隐""藏""走""不"等。如:

婴儿学步 (打《水浒传》人物诨号三)

谜底: 行者、小遮拦、没遮拦

这谜就是在谜底中自行抵消的,最后一个"没遮拦"别解为谜底在"行者、小遮拦"中没有"遮拦"二字, 也就是在谜底中自行抵消了"遮拦"二字, 如此只剩"行者小"三字, 别解为走路的人年龄很小, 以此切合谜面。

又如还有这么一条谜:

容貌酷似 (打汉代文学家、史学家各一)

谜底: 司马相如、司马迁

这谜也是在谜底中自行抵消的。谜底的后三字别解为前四字"司马相如"中的"司马"二字没了 (迁走了), 抵消后剩下"相如"二字, 别解为"相貌酷肖", 以此扣合谜面。

灯谜中的典故运用

灯谜，过去是盛行于元宵灯节，在绢灯下悬挂谜条进行猜射的。由于谜条大小的限制，不可能写上很多字，要求语句简练，概括性强，内涵丰富，于是制谜者另辟蹊径，找到了一种能浓缩文义的好办法，那就是运用典故制谜。谜面上短短几个字，却能引出一段故事、一串人物、一篇诗文，可谓言简意赅，以少胜多。

典故包括了故事和词句，通常分为取故事为材料的"事典"和取言词为材料的"语典"。灯谜中的用典不同于诗文，它比较宽泛、自由，所引用的故事，不局限于古代，也可以取材现代，乃至当代的。这些故事包括历史故事、神话故事、传说故事、寓言故事、轶闻琐事、诗文作品故事、小说故事、戏曲故事、电影故事等等。而引用的"语典"则更宽容了，不拘泥于诗文，只要有出处有来历即可。

我们接触到这类"典故灯谜"时，首先要了解典故的来龙去脉，如果是故事，就要先找出其中的人物，再联想故事情节，从中搜索关键的别解字，一步一步缩小包围圈，最后找出谜底。譬如有这么一条灯谜：

明熹宗看望乳母（打商业用语一）

史书载，明朝皇帝熹宗朱由校，与其乳母客氏有畸形之恋，因而此谜可猜作：顾（作"看望"解）客（乳母客氏）是皇帝。这是以史实为典扣合的。又如：

青梅煮酒论英雄（打我国少数名族一）

灯谜谐趣园

　　谜面是古典小说《三国演义》中的故事，出在第十一回。一天，曹操与刘备煮青梅下酒，议论起当时天下的英雄来，刘备故意韬晦，一会儿说这个，一会儿说那个，都被曹操否定了。结果，曹操说："当今英雄，唯使君与操耳。"（意思是当今的英雄唯有你刘备刘使君与我曹操两人。）吓得刘备把夹梅子的筷子都掉了下来。由这段故事，可以联想到曹操所说的话语，意为唯有我与你（才称得上英雄）。我，在文言中又叫"吾"；你，又叫"尔"。所以谜底为"维吾尔"（"维"通"唯"）。寥寥七个字，包含的内容还真不少哩。

　　也有运用"今典"的灯谜，如以文坛佳话入谜的作品：

　　电报曰："乡下人喝杯甜酒呗！"（打三国人名二）

　　谜面是取著名作家沈从文先生婚姻故事拟成的。苏州九如巷张家已知沈从文爱上张兆和并有求婚之意。张兆和与沈从文约定，如蒙家长金允，即发上述言语电文，以示好事已成。揆度面句意思，可求出谜底为"审配、张允"，别解作"审视婚配之事，张家业已应允"之意。

　　典故灯谜的产生，使灯谜的品位和趣味上了一个台阶。同时对猜谜者来说，要求也就相应地提高了一步，必须具备一定的文化知识。因此，为了要猜好这类典故灯谜，我们就要增加这方面的修养，找一些典故辞典或轶闻故事图书以为破谜的不时之需。

有问必答的灯谜

我们在猜射灯谜时,可能会遇到一种设置问题的灯谜,谜面的形式是一个问句。对于这一类灯谜,我们可以采用"答问解题法"。猜的人可按题试答,把答案放在谜底中,再配以含有肯定语气的词语,如"是""为""应""乃""当""系"等等。不过在用这些含有肯定语气的词语时,别忘了"别解"。如果谜底的内容已能体现肯定的意思,那些判断助动词"是""乃"等也可以省却。例如有这么一条谜,它用了人们在动物园中常见的情景设问:

猴子怎样找虱子?(打国名一)

见过猴子找虱子的人一定会说:"从毛里去找的。"谜底就在答案中传出了:毛里求斯。"斯"在此做指示代词,别解为"这个"的意思,整个谜底别解为:从毛里找到这个东西——虱子。

又如有一谜:因何杯中有蛇影?(打京剧一)。谜面用"杯弓蛇影"成语故事设问,了解这句成语出处的人准会脱口而出:铁弓呗!谜底就在这一答中解决了,原来是《铁弓缘》,别解为:是铁弓的影子在杯中的缘故。再如:念书该抱啥态度?(打学科一)。见了这道题目,你管保会答:应用气力去学。谜底不就出来了吗——应用力学。

猜这种灯谜时,好比渔樵两人相对而坐,此问彼答,机锋所及,谜底迎刃而解。

题外暗扣的灯谜

　　一般的灯谜，谜底是通过谜面直接提供的材料，即谜面文字本身的含义来扣合的，可是也有例外，有一种须听"弦外之音"的题外灯谜。这种灯谜或是"本地风光""应时即景"式的，或是"夫子自道"式的，或是暗寓谜面诗文作者及篇目出处的。我们接触到这类灯谜，就要求其"弦外之音""题外之意"，从中获得谜底。

　　先说说扣本地风光、应时即景的灯谜，猜的时候就要因时因地制宜。应时即景谜多用"此时此地""今宵此处"等文字为谜面，所标谜目则随时随地各异。例如农历正月十五举行谜会，悬有这样一谜：

　　此时此地 (打越剧一)

　　"此时"指正月十五元宵佳节，"此地"正在猜谜，谜底应猜作：《元宵谜》。如果换在春节里悬挂此谜，那谜底就要猜作《春灯谜》了。倘若大伙儿在文化宫里坐着猜谜，谜面文字仍是如此：

　　此时此地 (打京剧二)

　　"此时"是指大伙坐在文化宫里，"此地"正在打灯谜，而灯谜又名"文虎"，这样一来谜底就可猜成：《坐宫》《打虎》。

　　接下来谈谈第二种情况，有些灯谜须将谜作者的姓氏暗扣入内。如果你遇到谜条后特意署上作者尊姓大名的，尤其得留神，别忘了用"题外暗扣法"试试。倘若笔者署名"江更生"悬挂这么一条谜：

我今方年少（打河流一）

你猜时请将笔者的姓氏"江"入谜扣底，"方年少"是不老的意思，扣个"嫩"，所以谜底就是"嫩江"，这儿的"我"字须暗扣出谜者姓氏。

最后说说一些暗扣诗文作者或有关人物姓名的灯谜。比较明显的，如：

遥知不是雪，为有暗香来（打《红楼梦》人名二）

谜面是宋代王安石《咏梅》诗中名句，这谜就是用暗扣方法制成的，猜的时候须将诗人的姓氏也算将进去：这是王安石作的梅花诗，写梅花香气袭人之意。谜底为：王作梅、花袭人。又如已故上海老谜家薛寒梅有这样一条暗隐人物姓氏的灯谜，谜面用了古典小说《水浒传》里话语：

"你这黑厮为何坏俺山寨规矩？"（打唐代诗人二）

熟悉《水浒传》的读者一定知道这是宋江在责问李逵时说的，明乎此，暗藏的姓氏"宋"和"李"便成了解谜的关键所在。再联想到谜面是个问句，谜底便昭然若揭了，原来是"宋之问、李白"。

由此可知，猜谜还得留心题外之意。

灯谜中的巧用顿读

旧时，我国的古籍，除了乡塾使用的启蒙读物外，一般是没有标点的，长长的文章连成一气，读起来很费劲。于是读书人一面阅读，一面用朱墨等色做停顿记号，其作用类似于今天使用的标点符号。这种停顿记号有两种，一种用在句子的语气已经完结处，画一个小圈，过去称之为"句"，其作用相当于现在的句号；另一种，用在语气须稍作停顿处，用笔点一点，形如今天的顿号，旧称"读"（音逗），其作用则相当于现在的逗号。一句话中的这种停顿叫作"顿读"。

我们在读古书时，如果把"句"和"读"点错了，就会得出截然不同的解释，错误地"顿读"，对研究、理解古籍会带来不利。可是灯谜作者常常故意按需要随机应变地巧用顿读，把谜面或谜底故意读成破句，产生出极为有趣的效果。

我们在猜这类巧用顿读手法制成的灯谜时，就要不时地调整顿读位置，试猜试猜，等到停顿处与作者设计的一致时，这条谜就猜出了。必须记取的是，顿读可在谜面，也可在谜底。用在谜面上，比较容易对付，只要不厌其烦，多读几遍，不难窥破机关。

如有一谜，谜面用唐代白居易《长恨歌》诗句：

不重生男重生女（打唐代科学家一）

按诗句本该读成：不重生男／重生女，"重"作重视解。现在另作如下顿读：不／重生男／重生女，"重"则别解为"重复"的意思。整个谜面的意思便从"不看重生儿子而看重生女儿"变作"不再第二次生育男孩或女孩",也就是生一个就行了的意思,以此扣合唐代天文学家"一行"(一个就行了),这是在谜面上巧用顿读的例子。

再看一条谜底顿读产生谐趣而进行扣合的灯谜:

飞往琼岛 (打冠市名古镇一)

大家知道,"琼岛"是海南岛的别称,"飞"与"翔"同义,由此可以推敲出谜底乃"上海南翔"。乍一看,似乎有点费解,倘若将谜底顿读成"上╱海南╱翔",则令人恍然大悟了。二者相比,谜底顿读虽然难度大了一点,自然趣味也就强多了。

例如有这么一条谜,谜面为:

关公左右无弱将 (打四字股市用语一)

如果你经常看京剧的话,一定会见到红脸关公左右两位随从,一位是白脸的义子关平,一位是花脸的周仓。谜面上说他俩不弱,换言之,则是"强"和"很行"(行,读xíng,作"能干"解)之意,谜底须字字顿读成"强╱行╱平╱仓",别解为"很强很行的关平与周仓"之意,与谜面吻合。

灯谜中的"异称借代"

　　"异称借代法"简称"借代法"。它运用事物的特殊称法来代替一般称法，或是采用事物的部分来代替全体的手段，使得谜底与谜面相扣。这种借代法，在猜射会意体灯谜时经常会用到，我们有必要加以掌握。

　　猜这类灯谜时，必须透过谜面的表象，去识破其中蕴含的、稍一大意就被瞒过的异称，还其本来称法，从中悟出谜底。

　　较为常见的方法有"物名借代法""人名借代法""朝代姓氏借代法""生肖地支借代法"，等等。

　　这里先介绍用得最多的"物名借代法"，它的范围包罗甚广，上至日月星辰，下及动物植物、日用物品。一般是在谜面上出现具体的物名或特殊称法，而在谜底中以这类物体的统称或一般称法与之相扣，简言之，称之为"小扣大""偏扣全"。例如有这么一条谜，谜面借用喜剧电影名：

　　大李、小李和老李 (打东北地名一)

　　这谜的谜面不作直解，"李"不解为姓氏，而是别解作李树，这么一来，谜面三个人变成了三棵树，以偏扣全，以名代物，谜底即为"三棵树"。又如谜面借用京剧戏名：

　　乌龙院 (打老舍名剧一)

　　此谜面上的"乌龙"别解为一种半发酵的茶叶名，以扣"茶"字，而"院"与"馆"相扣，所以谜底为《茶馆》。还见有人用"大方之家"

作谜面,也是打老舍名剧《茶馆》。其中的"大方",在此也是别解作一种茶叶的名称来扣合:以"大方"扣"茶"、以"家"扣"馆"。

下面谈谈"人名借代法",大凡谜面上出现人名、别号(多半用此)、封号、官职、郡望等,往往谜底之中含有此人的姓氏。例如:

万里赴戎机 (打苏州评弹书目一)

虽说是借用了一句北朝乐府《木兰诗》,但这里暗含了一个人名——宋代诗人杨万里的"万里",以名代姓,谜底里有个"杨"字,"赴戎机"是从军之意,扣"武",故而谜底为《杨乃武》。

还有一种"朝代姓氏借代法",比较容易使用,我们见到朝代出现在谜面上,马上可以联想到这个朝代皇帝的姓氏十有八九藏在谜底里。如:

唐代瑰宝 (打明代医学家一)

唐代是李姓的王朝,世称"李唐王朝",故以"唐代"扣"李时";瑰宝,珍宝之意,据此推出谜底"李时珍"。

再有一种是"生肖地支借代法"。我们倘若见到谜面上有表示"地支"的文字,不妨以"生肖"与之对应,如果遇着谜面上有表示生肖的动物,则可用"地支"代之。十二地支与十二生肖一一对应如下:子—鼠;丑—牛;寅—虎;卯—兔;辰—龙;巳—蛇;午—马;未—羊;申—猴;酉—鸡;戌—狗;亥—猪。例如有这么一条谜:

羊年出生 (打外国影片一)

谜面上出现了生肖"羊",无疑谜底中一定藏有地支"未","羊年出生",意思是农历"未"年来到世界上,因此谜底应为影片《未来世界》。

故露破绽的灯谜

在猜灯谜时，有人常常会感到纳闷，好端端的一个完整的句子或词语中，有时会出现"纰漏"，不是掉了个字，就是缺少个词。遇到这种情况，千万别去责备谜作者丢三落四，大大咧咧。须知这是出谜者故意在此避开一些碍事的字词，把它们蕴含在谜底之中。在猜射这种故意卖个破绽的灯谜时，我们正好利用这些信息，专往遗漏处去用心思，把这些残缺、遗漏的东西一一拈出，再配上适当的衬字（别忘了"别解"）。这些衬字往往是具有否定或排除意思的词语，如多少的"少"、没有的"没"、有无的"无"、缺乏的"乏"、欠缺的"欠"、漏掉的"漏"、遗忘的"遗"、失去的"失"，等等。例如有条灯谜，谜面上写着3种植物的名字：

兰花、竹子、菊花（打外国地名一）

这谜若直来直去地从字面上去思考，是无法破的。倘若你看出个中破绽："花中四君子"是谜面上3个再加个"梅花"，现在少了个"梅"，这么一来，谜底就分明了，那便是德国名城"不来梅"。又如：

东岳、南岳、中岳、北岳（打江西名胜一）

人们通常称我国东南西北中的五座名山为"五岳"，这里，谜面少了西岳华山，故而谜底就是"少华山"（注：又名三清山）。

上述谜例有个共同的特点，就是故意在一些约定俗成的"合称"的同类排比词语中漏去其中一个，另外谜底都配以适当的表示否定、缺乏等意思的字词，第一谜用了个"不来"，第二谜用"少"表示。

"换位"思考的灯谜

灯谜之所以能成为有趣的文字游戏, 全仗"别解"二字。谜作者利用汉字一字多义、多音等特点, 故意抛开字词的本义, 专门取其歧义去经营谜底或谜面, 使它们"自圆其说", 这就是灯谜中的"别解"。"别解"得巧妙不巧妙, 出众不出众, 是衡量灯谜趣味强弱的标尺。

前段日子, 笔者发现一种与众不同的灯谜, 它除了利用原有文字歧义进行"别解"之外, 还调动文字位置, 使其生成新词后进行扣合, 这种"换位"思考的灯谜, 别有一番情趣。例如:

掉头一看, 是李连杰太太 (打国名一)

谜底: 智利

谜面上的"掉头一看", 是暗示猜底时要将文字换动位置。功夫影帝李连杰的太太芳名为"利智", 换位后, 就成了谜底"智利"。还有以"迁移"打《水浒传》人名"史太公", 也是用"换位"来相扣的。谜面上的"迁"应别解为汉代史学家司马迁的大名, "移"则暗示需"换位"。司马迁自称"太史公", 这三字位置移换后, 便成了谜底"史太公"。上述两谜难度皆不高, 因为谜面上都有需"换位"思考的提示。

还有一种, 是将表示换位意思的字词匿藏于谜底之中。这就要求猜者细加寻思, 循面索底了。比如有这么一条谜:

简称"冀" (打外国水道一)

灯谜谐趣园

大家知道，河北省简称"冀"，而欧洲有条河叫"易北河"，"易"有改变的意思，"易北河"可别解为"变动'北河'成'河北'"之意，适与谜面吻合，所以相扣。明乎此，"仁"打曲艺品种"二人转"（注：谜面可视为"人二"，谜底别解为"将'人二'转位为'二人'"进行扣合）就容易理解了。

表示换位意思的常用字除"易""转""掉"外，尚有"调""逆""改""动"等。例如以"平顶短发"打表示"临时借款"的沪语俗言"调头寸"，别解为"将'头寸'调为'寸头'"扣面。再如以"介绍打虎将"打成语"忠言逆耳"，别解为"将'忠言'逆序为'言忠'"扣面。"忠"作《水浒传》"打虎将李忠"解，"耳"作文言语末助词解。还有以"严格"打宋派京剧《改容战父》，别解为"将'战父'改为'父战'"扣面，"严"别解为"父"，"格"别解为"格斗"扣"战"。由此看来，利用文字"换位"产生新的"别解"，对于提升谜趣倒也不失为是一种好的途径。

谜中巧藏"古今字"

灯谜,往往是一种利用汉字一字多形、多音、多义特点,故意"别解",从而达到底面意思相合产生谐趣的文字游戏、益智娱乐。倘若我们能够了解一下汉字发展、沿革,掌握一些"古今字"的情况,就能破解这些巧藏"古今字"的灯谜。

那么什么叫"古今字"呢?一般来说,不同时代记录同一个词(或语素)使用不同形体的字,使用年代较早的是古字,使用年代较晚的是今字。如:"莫"的本义是太阳落在草丛中,表示日暮、傍晚,后来"莫"字被假借作否定性无定代词和否定副词,为了在书面语中不至于混淆,就又在"莫"字上再加形符"日"成"暮"字来表示"傍晚"的意思,于是"莫"和"暮"就成了一对古今字。通常大致可分作:为本义而造的后起区别字(今字),除上述"莫/暮",尚有"然/燃""队/坠""县/悬"等;为引申义而造的"今字",比如"见/现""知/智""内/纳"等;为假借义而造的后起区别字,比如"女/汝""反/返""说/悦"等,不一而足。

这里举两条利用唐诗作谜面巧藏"古今字"的灯谜:

近乡情更怯 (打新词语一) 谜底:反恐

向晚意不适 (打外国作家一) 谜底:莫里哀

前者是采撷初唐诗人宋之问《渡汉江》诗句,其下句为"不敢问来人",意思是诗人长年离家在外,得不到一点故乡的音信,不知故乡情况如何,家人是否安好。因此越走近故乡,内心就越发恐慌。

谜底里的"反"是"返"的古字, 作回乡解, 底应作"返家恐惧"解, 以此扣面。后者谜面是借用了晚唐诗人李商隐的《登乐游原》诗句, 当别解为"到了傍晚时间, 心情不快", 引申为傍晚有些悲哀。谜底中的"莫"应作"暮"的古字解, "莫里哀"应解为"暮时心情不快"。还见有人用"傍晚多云"打当代作家"莫言", 也是用"古今字"扣合, "莫"作"暮"(傍晚) 解, 而"云"别解为"诗云子曰"的"云"(说话) 来扣"言"字。

另外, 笔者读中学时曾猜过一谜"引火烧身", 打当时小学学科一, 谜底为"自然"。起先不解, 问了前辈才知道"然"是"燃"的古字, 这才了然, 原来是"自身燃烧"之意。我曾效颦制过两条蕴含"古今字"的灯谜, 一条是:

聪慧的爱侣 (打称谓一)

谜底: 知情人

这儿, "知"应当是"智"的古字, "知情人"当作"智情人"即"聪明的情人"解。另一条是:

法海狞笑祭金钵 (打中学古文篇目一)

谜底:《捕蛇者说》

此谜中的"说"应为"悦"的古字, 运用《白蛇传》故事情节, 法海和尚用金钵来捉拿白蛇精压于雷峰塔下, "捕蛇者大悦", 故而相扣。

如果我们不明白"古今字"的关系, 对于上述这些灯谜是会束手无策的。

谜中暗寓"通假字"

我们在猜谜中，常会用到一些古汉语的知识，除了要懂一些"古今字"外，还有"通假字"方面的知识多少得了解一些。因为灯谜常常会出现利用"通假字"扣合的情况。

"通假"就是"通用、借代"的意思，即用读音相同或者相近的字代替本字。由于种种原因，书写者没有使用本字，而临时借用了音同或音近的字来替代，因此，有的人认为部分通假字便是古人所写的白字（别字）。大多是将音同本字者，借来代用，也有的是将原先的字写错成了白字（别字），天长日久，积非成是，成了约定俗成的"通假字"了。

通假字在读古书时成了拦路虎，对制谜者来说却成了开拓谜材的好帮手。例如有这么一条谜，谜面为：

闻鸡起舞（打昆虫一）

谜底：跳蚤

乍一看莫名其妙，如果你识破它用"通假字"进行扣合的机关，便会感到此谜趣味十足。原来这里的"蚤"是"早"的通假字，闻公鸡啼叫之时必是早晨，故扣"蚤"（早）字；"起舞"在此别解为跳舞，故而相扣"跳蚤（早）"。再看下面一条例谜：

不是人人患便秘（打成语一）

谜底：有的放矢

这条谜谜底上的"矢"应别解作"屎"的通假字，犹如毛泽东

灯谜谐趣园

《送瘟神》诗句"千村薜荔人遗矢"中的"矢"字，谜底作"有的人还是会拉屎的"解。又如下列灯谜，也都是巧用通假字进行扣合的作品：

拜金主义 (打名胜誉称一) 谜底：天下第一泉

父在山东勤攻读 (打外国名校一) 谜底：耶鲁大学

白头吟 (打宗教名词一) 谜底：唱诗班

第一条谜底里的"泉"是"钱"的通假字，整个谜底别解为拜金者认为"天底下第一位是钱"；中间一条，谜底里的"耶"通"爷"，如《木兰辞》里"阿耶无大儿"的"耶"字，谜底至此当别解为"父亲在山东使劲地学习着"；最后一条，谜底里的"班"通"斑"，作花白头发解，谜底应是"吟唱诗歌的头发斑白"之意来与谜面吻合，谜面在此借用了汉代才女卓文君的诗题《白头吟》。

据此看来，我们掌握一些通假字知识，对于破解这类灯谜还是大有好处的。

代词入谜添谐趣

兴许是构成古代汉语代词的文字与现代汉语中的含义差别很大, 让制谜者窥到了它们 "别解" 后的利用价值, 分明是一种极佳的谜材。制谜者特别关注这些字词, 纷纷将其撷入谜中, 精心构筑成谐趣横生的灯谜。

一般说来, 古汉语中的代词也可分成三类, 即 "人称代词" "指示代词" 与 "疑问代词"。在这些代词中, 用得最多的该数人称代词了。有趣的是, 在灯谜里, 第一人称的代词出现的频率最高, 其次是表示第二人称的, 露脸最少者则为第三人称代词。

常见第一人称代词入谜者有 "余" "予" "愚" "仆" "吾" "小可" "鄙人" 等。请看下列例谜。如有人以 "不见小犬踪影" 打成语 "目无余子"。这谜面上的 "小犬" 千万莫以为是条小狗, 而是应别解作人们对自己儿子的谦称。整个谜底当作 "眼下见不到我的儿子" 解, "余" 在此作第一人称代词, 解作 "我" 或 "我的"。又如以 "自愿吃苦" (卷帘格) 打已故作家名 "舒舍予"。按 "卷帘格" 法, 须将谜底逆读成 "予舍舒", 别解为 "我舍弃了舒适", "予" 作 "我" 解, "舒舍予" 乃老舍的姓和字。还有如以 "自我标榜" 打一个 "衙" 字 (注: 视作 "吾行" 扣面) 及 "自愧弗如" 打成语 "愚不可及"。后者中的 "愚" 已由形容词 "愚笨" 别解为第一人称代词 "我" 了, 全底该解为 "我及不上他" 之意与谜面扣合。再有如以 "我曾做东两次" 打外国喜剧名作《一仆二主》(注: 别解为 "我一人作了二次东道主",

灯谜谐趣园

"仆"作我自己的谦称解，此剧为18世纪意大利剧作家哥尔多尼所作）。上述诸例皆为单音节的第一人称代词，接下来看两条双音节的：一条是以"异己"打成语"非同小可"（注："异"扣"非同"，"己"扣"小可"）；另一条是以"左边是我"打《唐诗三百首》中的诗歌作者"西鄙人"（注：按地图标示位置，左西右东；"我"扣"鄙人"）。上述两谜中的"小可"和"鄙人"均作为"我"的谦称。

第二人称代词中，常受制谜者青睐的有"尔""君""女（汝）""若"等词。内中当推"尔"字用得最多，如上海已故谜坛前辈周浊先生的代表作"劝君更尽一杯酒"，要求打欧洲地名一，谜底为"巴尔干"。作者以唐代诗人王维《送元二使安西》中的名句为题，面句意为"希望对方干了这杯酒"，以此扣合谜底"巴尔干"，底中的"巴"作"巴望"解，"尔"作"你"解，"干"便作"干杯"解了，底面扣合自然，浑成贴切，足见这位廛苑先贤谜艺之高超。笔者也曾效颦摘引古典小说《三国演义》中的回目"曹操煮酒论英雄"为谜面，以此打中国少数民族名"维吾尔"。解谜时，应将"维"作为"唯"的通假字，作"只有"解。全底别解为"只有我和你"，"吾""尔"在此皆作人称代词解了。还有一条以"令郎朋友圈"打成语"君子之交"的灯谜。大家知道，"令郎"是对对方儿子的敬称，这里的"令"作"好"解，犹如成语"巧言令色"中的"令"。谜底中的"君子"当别解为"你儿子"，至于"交"则作"朋友"解，如"至交""知交"中的"交"。此外，"若"作为人称代词"你"解的谜并不多见，曾见以"君正赋闲"打常言"若无其事"（注："君"作"你"解，扣"若"；"赋闲"，没事干，故扣"无其事"）。前不久，在某地谜会上，我还见过一条将"汝"的通假字"女"字采作底材的灯谜，谜面为"令郎声誉鹊起"，要求打黄酒名一，谜底为"女儿红"。底中的"女儿"即"汝儿"，须作"你儿子"解，那"红"应作"走红"解。这条谜和前面的一条谜在谜面上都出现"令郎"，但可分别扣出含义不同的"君子"与"女(汝)儿"二词，可见谜中别解奇妙之一斑。

第三人称代词，进入灯谜的寥寥无几，仅见"伊""彼"和"渠"等词。例如用"她耐得寂寞"打影视艺人"伊能静"，以"孔融让梨"打鲁迅校译的童话名著《小彼得》，以"善款全部捐助给他"打中国古代水利工程"通济渠"。第一条谜中的"伊"隐切"她"字；第二条谜中的"彼"作"他"解，指孔融，"小彼得"作"孔融他得到的是小梨"；第三条谜中的"渠"则扣合"他"的意思，就像宋代朱熹《观书有感》诗句"问渠那得清如许"里的"渠"字，而"通"是作"全"解，"济"应作"周济"解。顺便提一下，上述谜中的"彼"字，除了作人称代词外还可作指示代词，意为"那"或"那个"。

说起古汉语中的指示代词，制谜者瞩目较多的一个词为"斯"，其次才是"彼""此"等词。今依次介绍于下。像以唐代丘为《寻西山隐者不遇》诗中的名句"绝顶一茅茨"为谜面，要求打外国名山一。谜面的意思是说隐者把家安在这座山的崖顶上，据此，我们可揣度出谜底为"安第斯山"。"安第"作"安家落户"解，"斯山"则作"这山"解，在此，译音"斯"已别解为指示代词。再看一例："据考，此印确系洪武年间刘伯温所镌"，打一个国际金融名词，谜底为"明斯基时刻"。解谜时，谜底须读作"明斯／基时刻"，别解为"明证此印乃刘基时所刻"。刘伯温，名基，为明太祖朱元璋(年号"洪武")的重要谋士。"斯"作指示代词，指这方印章。有个有趣的现象，在谜中"彼"与"此"往往同时在一条谜中亮相。例如有条沪语趣谜"两个'十三点'"，打六字成语一句。沪语称傻里巴叽的人为"十三点"，犹如北方人所说的"二百五"或"二"。然而，此处不作如是解，却是别解为时间，即下午一时。根据此意，则有两个"一时"，所以谜底为"此一时，彼一时"。

　　最后谈谈疑问代词，能让谜作者选入作为谜底材料的还真不少哩，计有"安""胡""何""奚""恶"等。"安"作疑问代词用时，有"哪里"之义。例如以"一言难尽"打古典小说《水浒传》中水泊梁山好汉（谜界术语称作"泊人"，其诨号称为"泊诨"）"安道全"，谜底须别解为"一句话哪里能说完事情的全部啊"来与谜面契合。又如以"守财奴临终望钱兴叹"打汽车配件"安全带"，谜底应别解为"（这些钱）哪里能全带得走"。要是"胡"作为疑问代词的话，则解释为"何""怎样"或"为什么"等意。例如以"此行何去"打已故现代学者"胡适"（注：胡，作"怎样"解；适，作"前往"解）。同样的谜底，也有人用"嫁与何人"去扣合的。这时的"胡"仍作疑问代词"何"解，但"适"在这里却用了个古汉语词义，即女子嫁人，扣个"嫁"字。至于拿"何"字作疑问代词的话，其义就显豁得多了，可以作"为什么""怎样""哪里""哪样""什么"等多种解释，甚至还有反问的意思。现举数例说明：如以"为什么迟到"打三国人名"何晏"（注：晏，迟）。又如以"询问竞鸽宗旨"打越剧、滑稽戏与影视多栖演员"何赛飞"（注：别解为"为什么比赛信鸽飞翔"）。还有如以"南朝齐梁，兴勃亡忽为哪般"打八字成语"成也萧何，败也萧何"。南北朝时的齐和梁两个朝代的皇帝都姓萧，这儿的"何"是作疑问代词用的，意思是"为什么"。整个谜底应读作"成也萧／何？败也萧／何？"，可别解为："很快能建成萧氏王朝，这是为什么？如此突然败亡的萧氏王朝，这又是为什么？"更有人将用于反问的"何"字嵌于谜中，以称赞戏曲乐师对文、武场面乐器样样精通的京剧术语"六场通透"为谜面，打五字成语"何乐而不为"，别解为"又有哪一样乐器没演奏过"的意思。

通常用得较少的是"奚"和"恶"，"奚"作疑问代词是"哪个"的意思，"恶"则有"怎么"的意思。例如以"请问哪条国道？"打京剧武生演员"奚中路"(注：奚，哪是；中路，中国道路)，以"怎样写戏"打三字常言"恶作剧"(注：恶，作"怎样"解)。

上述灯谜有个明显的特点，那就是谜底中藏有古汉语里的代词。因此我们若见到谜面上有表示代词意义的词语时，就得提防作者可能会在谜底上埋伏这些古汉语中常用的三种代词。所以我们应该多掌握一些古汉语词语知识，一旦遇上这类灯谜，猜射起来就能得心应手，颇有斩获了。

量词灯谜趣谈

汉语中用来表示人、事物或动作数量单位的"量词"，由于它的内容丰富，名目繁多，常常被灯谜撰制者视为极佳的谜材，予以充分利用，巧行别解后缀入谜中，编造出众多谐趣横生的量词灯谜。

通常见到的是带有数目字的量词灯谜。例如有这么一条谜，谜面为"吉他没琴弦"，要求打一句四字成语。音乐爱好者多半知道，吉他有六根琴弦，所以又叫"六弦琴"。根据谜面的意思，可以悟出谜底当为"六根清净"。谜底的"六根"显然别解作琴弦的数量词了。再看一条，谜面是"此锅不错"，要求打一句四字常言。从谜面上的"锅"字，经常猜谜的立马会联想到数量词"一口"，再从"不错"中寻思出"好"之意，最后将指示代词"此"置换成同义的"这"，这么一来，谜底便呼之而出了，那便是形容人喜好某事物的话语"好这一口"。"好"在此已由动词"喜好"别解为形容词"好"，而那"一口"二字虽说仍作数量词解，但表示的对象却已由爱好之事物转成锅了。笔者还见过一条甚有味的量词灯谜。其谜面为"此药材由外国传入"，也打一句四字常言，谜底为"一味胡来"。"味"在这里别解作药材的量词；"胡"则别解为泛指外国，犹如"胡椒""胡萝卜"等的"胡"。

还有一种叠用量词的灯谜，则更为有趣。例如以"鞋袜皆为北京货"打词牌名《双双燕》（注：别解为"一双双鞋和袜皆为燕地货物"之意；燕，作北京的旧称解）。又如以"各式镜子全送达"打四字成语"面面俱到"(注: 别解为"一面面镜子俱已送到"之意)。上述二谜中的"双"与"面"均已别解为量词。上海某谜家曾以粤闽两省的方言量词入谜, 创作了一条别开生面的佳构: "足球赛双方进球均不易"打五言唐诗名句"粒粒皆辛苦"。这是因为粤闽二省称圆形物体的量词单位为"粒", 如"一粒苹果""一粒西瓜""进了一粒球", 等等。至今两省超市对圆形水果等商品仍以"粒"计价。此谜别出心裁地拈出易让猜者忽略的量词入谜, 有出其不意之妙。

也有一些量词灯谜故意在谜面上亮出数量词, 猜谜者就要格外留心谜面、谜底中数字间的关系及量词的用法了。往往关键的别解字 (谜界称之为"谜眼") 就藏身于此。例如有人以"纸数超过2令"打已故国画家"张大千"。因为谜面上有"纸", 猜的人自然会想到谜底中很可能会出现它的量词"张"。至于题面上的"令"字, 已明确提示是个印刷用纸的计量单位, 按有关规定, 一令为500张, 2令为1000张。所以谜底为"张大千"(注: 作"纸的张数大于一千"解)。还有人以"七趟以上"打三字地理名词"次大陆"。这条谜底应别解为"次数大于六次", "次"在此已作为量词, 而"陆"也已被作者别解为数字"六"的大写了。从上述两谜的扣合中, 我们可以体会到量词和数字搭配后, 可以产生出许多耐人寻味的谐趣灯谜来。

在"量词"灯谜中, 比较雅致的当推采撷脍炙人口的诗词文句或戏曲剧词等制成谜面的作品了。这种灯谜, 谜界称为"成句谜"。例如有人以传统京剧《李陵碑》中杨老令公中的唱词"金乌坠, 玉兔升"为谜面, 要求打三字比赛用语二, 谜底为"下一轮、上一

灯谜谐趣园

轮"。原来谜面的意思是"一轮红日(金乌乃太阳的别名)已落下,一轮圆月(玉兔为月亮的代称)正上升",故扣谜底。此处的"一轮"虽然仍作数量词,但已由循环比赛的次数别解作红日圆月的数量词,那"上"和"下"也都由表次序的方位词别解成动词了。深得《文心雕龙·谐隐》里所说的"回互其辞"之三昧。笔者在学谜时,曾见过一条运用古诗成句的人名谜。它以宋代诗人叶绍翁《游园不值》中的名句"春色满园关不住"为谜面,要求打古典小说《水浒传》中的人物诨号二,谜底为"一枝花、没遮拦"。此诗下句为"一枝红杏出墙来"。"一枝"乃花儿的数量词,显然指那"红杏";"出墙来",隐示毫无遮拦,故而相扣。前不久,翻阅前辈谜集,见到一条很有创意的"成句"量词灯谜。作者摘取北宋真宗皇帝《励学篇》里的三句诗作为谜面,以"书中自有千钟粟,书中自有黄金屋,书中自有颜如玉"打六字俗语"三句不离本行"。将形容"一说话总是要讲到自己从事的行业"的俗语,别解为"谜面上的三句诗全是在说书本真行(xíng)"。该谜以"本行"二字巧行别解,生成"谜眼",还以三个排比而列的诗句来隐合数量词"三句"。底面虚实映照,明暗结合,真可谓别具匠心。

此外,尚有一种延伸谜目的量词灯谜深受作者和猜者的青睐。因为谜目延伸灵活,或前或后,添枝加叶,开拓了谜材,给了制谜者以施展手法的空间,同时也让猜谜者得以领略形式新颖、趣味别致的新品。

在猜谜活动中,我们倘若见到谜目中有"冠量"二字的,就应该知道这是指谜底中的量词需要前置。如果发现谜目上标有"带量"

二字，这是在告诉猜者谜底中的量词必须后缀。我们先看一条前置量词的谜目延伸谜例。如以"互诉衷肠"打冠量计时用品"一块怀表"。谜底中前置的数量词为"一块"，扣谜时应别解为"在一起"；"怀表"则别解为"将心迹来表露"。接下来，请看一条后缀量词的例子："刘铭传左右心腹"打带量娱乐品"麻将两副"。刘铭传为晚清淮军名将，因幼时出过天花，留下一脸麻瘢，世称"麻子将军"，遂隐"麻将"二字。"两副"，别解为"两位副手"，故而相扣。

"方位"灯谜纵横谈

经常接触灯谜的朋友,一定对利用文字笔画的部位进行扣合的"方位法"灯谜不陌生。我们猜射这些灯谜时,往往按照约定俗成的地图方向标示习惯,即"上北下南,左西右东"的方法,当然还包括那些"前后""内外"或"高低"等方位加以思考,从而求出谜底。例如有这么一条谜,谜面为"北宋虽灭南宋建",要求打一个字。此谜可依循"方位法"中"上北下南"规则剖解题面:"宋"之北为"宀"(俗称"宝盖头"),而"宋"之南则为"木";"北宋虽灭"可别解为"宋"字北部(即"宀")消除的意思,那么只剩下一个"木"字了。"南宋建"当作"将'宋'字的南部,即'木'字加上去"解,所以谜底应为"林"字。又如有人以"东半部与西半部对调"打一个"陪"字,很显然此谜用了"左西右东"的方位标示法。

有时候,我们还会碰到一些将谜面上文字的笔画或结构所处的方位入谜的作品,这就要求射谜者能识破个中玄机,瞅准其笔画或结构所处的方位,再加以联想找出谜底。例如以"克"字为面,要求打六字俗语一句。我们观察谜面,不难发现"克"字的上方为"古"字,其下面则为"儿"字。"古"可作"古老"解,而"儿"则有"小孩"或"小辈"之义。如此一解,谜底"上有老,下有小"便昭然了。又如有人以"鸡雏"为面,要求打四字成语一句。倘若我们仔细端详谜面的话,可以看出这两个字皆为左右结构,如果将其左右两侧结构(即"又"和"隹")相拼,恰好是个"难"字,不正是谜底"左右为难"吗?

　　也许是受到以文字结构方位入谜的启发,有人就打起谜条书写格式与词语在谜条上所处部位等的主意来,创造出隐形的"方位"灯谜。现据谜条书写格式的不同分述。先介绍纵式谜条,也就是从上到下(也可视作自北往南)地书写。例如有条灯谜,谜面借用了已故世界拳王"阿里"的大名,要求打半个世纪前的四字流行语。谜面里的上一个字为"阿",在此作"山阿"解,可扣"山",而下一个字乃"里",现作"乡里"解,能扣"乡",故谜底为"上山下乡"。自上而下,在解谜时也可当作由北向南。例如下述之谜,谜面用的是西安的名胜"曲江"二字,要求打四字水利工程名。因为面句是自上而下排列的,换言之,也就是从北往南地呈现着。其北面的字是"曲",此处作"曲调"解,以扣合"调"字。南面的则为"江"字,有"水流"之义,能扣"水"字。暗寓方位"南北"以后,便得出谜底"南水北调"。当然,纵向谜条文字位置的上面和下面,也可称为高处和低处。如以金融机构的简称"建行"为谜面,打四字股市用语"高开低走"。这儿的"开"别解为"创建"之义,如"开国大典"中的"开",与"建"相合。"行"则作"行走"解,与"走"贴切。面句上的文字位置,隐示一高一低,故而谜底为"高开低走"。由此可见,纵向书写的谜条中所藏匿位置的名称,既可"上、下",也可"南、北",甚至还有"高、低"等,不一而足。因谜而异,无须拘泥。

　　前面谈过了纵向书写的"方位"灯谜,接着聊聊横向书写谜条的作品,借以切合拙文的"纵横谈"题意。

　　横写的谜面文字一般自左至右,也可看作从西向东,这类灯谜自然会将"左""右""东""西"等方位名词藏于底中。首先来看一条"独字谜",谜面为一个"炫"字,要求打一句七字俗语。因是单字作面,且为左右结构之字,从其笔画结构分析,其右(即"东方")为"玄"字,可作不明亮的"黑色"解;其左(即"西方")系"火"字,火光有明亮的意思。照此想去,谜底无疑应为"东方不亮西方亮"。下面再介绍一条,谜面借用哲学规律"否定之否定",要求打八字常言一句。谜面左右两边均出现"否定"一词,都可作"不是"解。根据这些便可求出"左也不是,右也不是"的谜底。

不过,横写的谜条中隐含的方位词语,也并非只有"左右"或"东西"两种,有时还会因字词位置的不同而有所变化。例如以"甲子"为面,打成语"首鼠两端"。它以"天干"的首位"甲"扣合"首"字;以"地支"中的"子"与生肖中的"鼠"互扣;"两端"作"两边"解。又如以"圄"为谜面,打葡萄牙首都"里斯本"(注:"里",指"吾"在方框之中;"斯",作指示代词"这"解;"吾"与"本"均作"自己"解,故可互扣)。

"方位"灯谜中,最为有趣的当推那些深藏"方位"而不露者。诚如宋人诗话里所说的"羚羊挂角,无迹可寻"那样,将面句巧行掩饰,故布疑阵,以与猜者斗智周旋。现举数谜如下。第一条,谜面为食品名"精白面粉",要求打四字医疗用语一。审视谜面时,千万别拢意寻思,应独具只眼地瞩目于中间两字"白面",将其拈出后别解为毒品"海洛英"(俗称"白粉")的别名。整个谜面是一种"食物",其中间二字作毒品名解,因此谜底可猜作"食物中毒"。第二条的谜面,采用中医术语"精气神"(横写),要求打五字常言二。细察三字的位置, 便知左方为"精"字, 可作"精怪"解; 右方则为"神"字, 能当"神仙"解; 中心的那个字是"气", 有"气恼发火"的意思。循着这个思路, 谜底似已跃然而出, 它是"左右不是人、心里窝着火"。以"精"与"神"反扣"不是人", 以"气"扣"火"; "左右"及"心里"均别解为方位, "窝"仍作动词解。第三条的谜面比较简单, 为食品名"圆子"二字, 要求打古代官名一。这谜需瞄准突破口发力, 其关键字为"圆", 应视作"员"字被方框框 (指"口") 关在里面, 而在被关的"员"外有个"子"字, "子"作"儿郎"解, 扣"郎", 所以谜底可猜为"员外郎"。

最后再推荐一条别开生面的"方位"趣谜, 撰谜者撷用清末维新运动失败后, "戊戌变法"的主角康有为流亡海外的史实制成面句: "康有为身居域外, 其心系华夏", 要求打水域名一。康有为, 广东南海人, 世称"康南海", 这是人们对他的尊称。"华夏"是"中国"的别称。经此剖解, 再领会谜面的含意, 便可得出下面的意思: "南海"在外面, "中国"在中央, 这么一来, 谜底便呼之欲出了, 它就是"南中国海" (注: 面句中的"域外"别解为"中国"二字外侧; "心系"别解为"中心是"之意)。这里的"外"与"心"全别解为方位所在, 即"外面"和"中间"之意, 故而相扣。

巧用连词蕴谜趣

在猜谜活动中，我们常会遇到一些存心将可作连词使用的文字植入谜中的作品。当然这些连词绝大多数是经过"别解"处理的，由于摒弃了本义，冷不防地以歧义在谜中现身，所以很容易被猜谜者忽视。

这类灯谜中出现的连词，使用频率最高的当推表示并列关系的，如"同""与""和""跟""及"等。正因为它们能起到并列作用，故通常解谜时多采取"分扣"之法。这些灯谜的特点是题面比较简洁，字数寥寥。例如以"京城"打山西地名"大同市"。"京"字在古汉语中义为"大"，正好与底中的"大"相扣，"城"则扣底内的"市"，"同"在此已别解为表示并列关系的连词。

表示并列关系的常用连词除了"同"外，还有"和""跟""与""及"等。嵌入这些连词的匠心之作不少，例如以"春申耆宿"为谜面，要求打美国作家海明威的一部小说。这里的"耆宿"是指有名望的老年人，"春申"为上海的旧称，也可简称为"海"，如"海派"之"海"。照此理解，谜底便不难悟出，当为《老人与海》。我们再来看一条有点难度的谜，以明代吕天成的《曲品》为谜面，要求打《水浒传》中梁山好汉名二，谜底为"乐和、吕方"。这条谜仍需用"分扣法"求底：先以"曲"（作"乐曲"解）扣"乐"，继以"品"扣"吕方"（"方"作方格解，隐个"口"字，"吕方"合而隐三个"口"字，适与"品"字扣合），其中的"和"作表示并列关系的连词。笔者还见过一条曲折程度不亚于上谜的灯虎，其谜面为"修弓"，打服饰用品一，谜底乃"高跟女鞋"。"修"作"高"解，犹如"修长"之"修"，由动词"修理"别解为形容词；"弓"在此并不作射箭之物解，而是别解为古代女子的"弓鞋"。据此，这两个字可分扣"高"与"女鞋"，而底中的"跟"别解为表示并列关系的连词，成了分外迷人的"谜眼"。能同"跟"字比肩的，还有个"及"字。在一般灯谜里，"及"多作动词解，要是出其不意地当起了连词，便十分有趣。如以"洞房漆黑"为谜面，打成语"爱屋及乌"。这里以"洞房"扣"爱屋"，以"漆黑"扣"乌"，"及"则作为连词。此谜分扣妥帖，且字数参差，连词用得别致，洵属可贵。

此外，表示承接关系的连词在灯谜中也屡见不鲜，较为常见的有"就""便""乃"等。例如以"《百家姓》中'滕'姓在何处？"打俗语"就汤下面"，别解为"它就是汤姓下面的那个姓氏"之意。又如以"提薪升职全应允"打法国17世纪剧作家"高乃依"（别解为"薪职高升业已依允"），以"自幼勿懵懂开窍"打病症名"小便不通"（别解为"小时候就一窍不通"），等等。细心的读者一定会察觉上述三谜的谜面结构与前面介绍的有所不同，其谜面皆非可视作并列结构的字词组成，所以这三条谜均以"拢扣"方法完成，谜底中隐藏的连词皆表示承接关系。由此可见，猜这类灯谜时，还得"因谜制宜"，区别对待才行。

暗藏玄机的灯谜

"暗藏玄机"的灯谜,是在谜面暗藏某个词语,它或是分身于两侧,或是隐匿于头尾,或是韬晦于其中。猜的人如果只管朝谜面总体文义上去寻思,往往忽略了它的存在。

例如有一谜:"福星降临"(打三字历史名词一)。粗心的猜者一定会从幸运方面去忖度,很少会注意到谜面两侧暗藏"福临"二字。福临,是清朝顺治帝的名字,明白了这个,谜底便渐渐显现:"清君侧"(注:别解为"清朝君主之名在其两侧")。再看一条:"不做交易"(打成语一)。此谜的面句左右两边为"不易"二字,"不易"是困难的意思,故其谜底为"左右为难"。上述二谜的谜面都得横着书写,否则就无法与"侧"和"左右"相切了。下面的一条谜,面句横写竖写都行:"元春乃妃子"(打成语一)。谜面的两端为"元"与"子",我们可用"元"去扣"首"(同义相扣),以"子"去扣"鼠"(地支与生肖对应互扣),然后得出谜底:"首鼠两端"。

有人抱怨面句上分匿两处的词语难以发觉。其实隐身中间的词语,也并非一眼就能看破的。如有这么一条谜:"大厦门卫"(打上海古玩市场一)。必须细心打量,才能窥破其中奥妙。原来谜面中间藏着福建名城"厦门"二字,所以谜底为"中福城"。还有一条挺玄乎的:"人虽小蛮老成"(打健美场所一),表面上是称赞小孩少年老成,其实中间隐藏着唐代白居易侍妾"小蛮"的名字。她体瘦善舞，曾有"杨柳小蛮腰"诗句咏之。因在谜面中心潜迹，所以谜底为"瘦身中心"（注：别解为"瘦身者藏于面句中心"）。

　　猜这类暗处藏词的灯谜，谜面越是隐蔽得好，猜起来就越有味道。当猜者搜索良久后，触机猜中，那滋味那情景，直令人想起辛弃疾《青玉案·元夕》词里的名句："众里寻他千百度。蓦然回首，那人却在灯火阑珊处。"

另辟蹊径的离合字谜

在灯谜中，会意手法用得最多，第二当数离合技巧了。笔者初学灯谜时，曾在民国初年出版的有"海派灯谜渊薮"誉称的《春谜大观》上见过几条谜，至今印象深刻。如一条独字谜："峪"(打昆剧剧目三)，谜底为《下山》《泼水》《窥浴》。此谜作如是解：在"峪"字上，下去一个"山"(成"谷"字)，再将"氵"(水)泼上，马上可见到"浴"字，故而相扣。这条谜的三个动词"下""泼""窥"别解得颇具匠心，运用离合技巧起到了拆装及表述作用。还有一条也很有趣，谜面为"秋晓"，也打昆剧三出，谜底为《拆字》《改书》《烧香》。此谜离合得更令人叫绝，原来将谜面中的二字笔画各自拆开，再重新组合成"烧香"。这里的"书"已由名词"书信"别解为动词"书写"，使得拆拼顺理成章，全谜扣合自然贴切。

已故苏州老谜家王能父有条字谜，堪称"离合体"中的经典谜作："他去也，怎把心儿放"，打一个"作"字。面句似元人小令，语浅情深，其中却藏掖着提示离合意思的"去"和"把……放"，谜味隽永，雅俗共赏。

随着人们文化修养的提高，离合体灯谜原先单一的拆拼手法已很难满足猜谜者，于是产生了一些植入各种文化元素和多变手法的离合体灯谜。有的运用古汉语知识，如文字的原形或异体，文字的古义及引申义等。例如扬州谜家陈楠曾有这么一条谜，谜面为"直"，打成语一句，谜底为"同心同德"。有的则使用谜面别解的障眼法进行"离合增损"。例如以"双方未曾相遇"打日式调味品"味噌"。"双方"别解为两个方格(即两个"口"字),再与"未、曾"二字相遇,成了"味噌"。再如以"刀切馒头"打匠人工具"刨子"。南方人将包子叫作馒头,"包子"二字中以"刂"(刀)切入,则成了"刨子"。

前不久,笔者在"猜灯赏谜"猜谜QQ群里出了一条糇谜,谜面为"夹紧胳肢窝",打《唐诗三百首》篇目一。很多猜者被我蒙住了,后来揭晓谜底,为《月夜》。原来将"月夜"二字夹紧,则为"腋"字,不正是"胳肢窝"的意思吗?

最后,留几条离合谜让读者动动脑筋:

1. 侑(打《唐诗三百首》篇目二)

2. 皮草行落户上海(打字一)

3. 谛(打文坛誉称一)

4. 分明是画(打京剧名一)

谜底: 1.《为有》《送上人》; 2. 菠(注:"菠"字中"皮草"行走后,余"氵",落"户"为"沪"); 3. 补白大王(注:言,说,故扣白;帝,扣"大王";补,加上); 4.《日月图》(注:分明,扣"日月")。

声音迷人的灯谜

灯谜十有八九是利用汉字一字多义进行"别解"扣合的。可是，另有一些以字音"迷人"的灯谜。这类灯谜通常在谜面上出现提请注意声音的字词，较为常见的是标明动物的叫声，暗示猜者根据模拟的声响猜出谜底。例如："蛙鸣"，打三字口语一，谜底为"呱呱叫"（形容极好）。这里的"呱呱"拟青蛙的叫声。又如："河边传来狗叫声"，打三字形容词一，谜底为"水汪汪"。"河边"，扣一"水"字；"传来狗叫声"正切合底中的"汪汪"二字。这条谜中的"汪汪"是以音近之字模拟的。另如："蝉声"，打图书档案名词一，谜底为"音像资料"，有曲径通幽之妙。甫见谜面，便能让人联想到蝉声为"知了，知了"。谜作者将音近"知了"的"资料"一词代拟蝉声，以"音像"（别解为"声音很像"）二字表明仅是拟音，使底面扣合得滴水不漏、无懈可击。笔者也曾用"输电"打商家门类"音像书店"（"输电"的读音像"书店"），以"生鳗"打词牌名《声声慢》（别解为"'生鳗'的读音与'声慢'一般"）。不过，这两条谜缺乏适当的提示，猜者无从知晓应由字音入手破谜，还不如径直标出某某声音为好。

当然，也有隐约暗示某种声响，能让猜谜者循声辨迹、寻出谜底的。例如："先打小锣，后敲铙钹"，打礼貌用语一。我们从小锣的声音可悟出是"对"，再从铙钹的声音想到"不起"，谜底便昭然而出了，为"对不起"（别解为小锣和铙钹的声音）。

　　还有一条，看似无声，细察有声："报站仿佛到华亭"，打《水浒传》人名二。谜面上的"报站"，显然是在提示需从站名的声音来揭底，"华亭"是上海松江的古称，而"仿佛"二字是在交代谜底含有与"松江"读音相近的人名。至此，谜底便不难攻破了，原来是"闻达、宋江"(注：别解为"听到的站名声音像'宋江'")。此谜虽有巧思，惜乎太绕。

　　更有甚者，一些谜人竟然利用乐曲简谱和外语读音来扣谜。例如以音符"166"为谜面，打外国影片、话剧各一，谜底为《音乐之声》《杜拉拉》。又如以"英语新闻好得很"，打外国教育家一，谜底为"夸美纽斯"，别解为"在夸奖、赞美'news'"(注：英语中"新闻"为"news"，"纽斯"在此作其读音解)。由此可见，猜射灯谜考虑"别解"时，除了关注字义和字形外，字音也不能忽略。

"沾亲带故"的灯谜

有不少灯谜是利用"人际关系"扣合的，有的是"骨肉至亲"，有的是疏远的"葭莩之亲"，有的是"刎颈之交"，有的是"布衣之交"，不一而足。

这类灯谜虽不难猜，但要弄清彼此间的关系，还须结合各人的姓名（包括别称、外号等），找出关键的别解字眼。例如利用《红楼梦》情节的一条谜："贾政笞宝玉"，打春秋哲学家二，谜底为"老子、管子"（别解为"老子在管教儿子"）。又如："盖儿"，打四字成语"天王老子"（别解为《水浒传》梁山寨主"托塔天王"晁盖是他老子），这是根据"父子"关系扣合的。也有运用"母子"关系扣合的，比如"三圣母思儿珠泪滚"，打苏州评弹开篇《女哭沉香》（据《宝莲灯》故事，三圣母之儿名"沉香"，谜底中"沉香"本义为沉香木雕像）。"梅葆玖及其兄姐"，打奥运会吉祥物"福娃"，别解为"梅夫人福芝芳的孩子"。还有利用"夫妻"关系相扣的，如以"潘金莲"打三字称谓"大丈夫"（别解为武大乃其丈夫）。又如：《徐志摩全集》，掉尾格，打已故现代作家"陆文夫"（按格法，作"陆夫文"，别解为"陆小曼夫君的文章"）。

此外，也有以"姻亲""金兰""师徒"关系扣谜的。"姻亲"关系如"赵孟頫之岳丈"，打三字新词语"妻管严"（别解为"其妻管道昇之父"，"严"作父亲解）。管道昇，元代女书法家，嫁与大书画家赵孟頫（字子昂）为妻。"金兰"关系如"老大刘备，老二关羽"，打《水浒传》人名别称"张三郎"（据《三国演义》"桃园结义"故事，老三为张飞，故扣)。"师徒"关系如"姚周高徒演独脚戏"，打体育项目一，谜底为"双人滑"。"姚周"即上海滑稽界泰斗人物姚慕双和周柏春昆仲。姚慕双、周柏春的门下高足，男生艺名皆以"双"字排行，如"吴双艺"等，女生艺名均冠以双姓，如"诸葛瑛"等，世称"双字辈"。此谜谜底别解为"'双字辈'人演的滑稽"之意。观此当知，猜谜者应练就一双洞察"人际关系"的慧眼，才可准确无误地射镝中鹄。

唐诗灯谜趣谈

　　唐代的诗歌简称"唐诗"。唐代是我国古代诗歌创作的辉煌时代，据不完全统计，流传至今的诗作将近五万首，诗人辈出，竟有两千多家。唐诗与汉赋、宋词、元曲及明清小说等文学魂宝是中华民族引以为豪的文化遗产。

　　唐诗数量繁多、内容丰赡，给撰制灯谜者提供了取之不竭、用之不尽的灯谜素材，"唐诗灯谜"因此成了热门谜种。为了方便猜者，前辈谜家"约定俗成"地聚焦于清代蘅塘退士孙洙所编的《唐诗三百首》上。此读物影响最大，读者面广，几乎家喻户晓、妇孺皆知，民间还流传"熟读《唐诗三百首》，不会做诗也会吟"。谜家们规定，要是谜目标示"打唐诗一句"，这句诗须出自《唐诗三百首》。

　　先来谈谈以唐诗诗句为谜底的"唐诗灯谜"。记得小时候学谜时，听前辈谜家介绍过一条"穿越"式趣谜，谜面为"张翼德调查户口"，要求打"七唐"（即七言唐诗，五言唐诗则称"五唐"）一句，谜底为刘禹锡《乌衣巷》名句"飞入寻常百姓家"（"飞"即张飞，字翼德）。前辈边说边评，称此谜固然有趣，但古人办今事，有悖情理，不足为训。笔者在学习灯谜时见到过不少谜坛先贤的唐诗佳谜，印象最深的一条是以"鼓盆而歌"为谜面，打王昌龄《闺怨》中的名句"闺中少妇不知愁"。此谜运用了《庄子·至乐》中的典故：庄周丧妻后，其友人惠施往吊，见他"箕踞"（岔开双腿，如簸箕似的坐在地上）敲打着盆（一种乐器），长歌当哭。据此，谜底应别解为"闺房中少掉了妇人，他却不知忧愁地在击盆唱歌"，即"闺中少妇不知愁"。

还见过一条以宋诗扣唐诗的佳作，谜面为陆游《小舟游近村舍舟步归》中的"死后是非谁管得，满村听说蔡中郎"，打杜甫七言诗一句，谜底为《咏怀古迹五首·其三》中的"千载琵琶作胡语"。谜作者别出心裁地将描写王昭君出塞的诗句别解成"相隔千年之久的《琵琶记》里蔡伯喈之妻赵五娘背琵琶卖唱寻夫的故事，正被负鼓盲翁瞎说一通"。"琵琶"在此已从王昭君手中移至赵五娘怀中。东汉蔡邕（字伯喈，世称蔡中郎）的民间传说故事与史实不符，民间艺人更是越说越离谱，故以"作胡语"三字扣之，不得不佩服作者的制谜手段。

近来，出现了不少充满时代气息的唐诗灯谜，很受猜者欢迎。例如以"蜜月旅行"打綦毋潜《春泛若耶溪》中的名句"此去随所偶"（注：偶，别解为"配偶"）。又如以"两部大片捧红了这位导演和两位明星"打李白《月下独酌四首·其一》中的诗句"对影成三人"（注：别解为"两部影片成就三个人"，一对即两部）。再如以"消费查账单"打孟浩然《春晓》中的诗句"花落知多少"（注：花落，作"花费掉"解）。还有如以"溥仪致词感激政协设席款待"打刘禹锡《乌衣巷》名句"旧时王谢堂前燕"。解此谜时，须将谜底顿读作"旧时王／谢堂前燕"，别解为"旧时的君王（指溥仪）在人民大会堂宴席前致谢"。"燕"在此通"宴"。在一次戏迷朋友餐聚时，笔者出了条与京剧有关的唐诗灯谜给大家助兴，谜面是"自称迷上余叔岩"，要求打五言唐诗一句。猜了好久仍无人揭底，只得放低门

灯谜谐趣园

槛，加上四个字，谜面增为"自称迷上'冬皇'之师余叔岩"。这么一来，无多时谜底就被揭穿，是李白《赠孟浩然》中的诗句"吾爱孟夫子"。爱好京剧的读者都知道京剧"余派"创始人余叔岩有位得意的女弟子孟小冬，戏迷们誉其为"冬皇"，"夫子"在此别解为"老师"，故而相扣。

前面我们介绍了以诗句作为谜底材料的"唐诗灯谜"，接下来聊聊采撷唐诗名句作为谜面的作品。

灯谜界称摘取现成诗文句子作谜面的灯谜为"成句谜"，以区别自行遣词造句谋营谜面的"自撰式"灯谜。过去制谜行家推崇引经据典，讲究谜面须"字字有来历"，故而"成句谜"风行。近年来兴起"国学热"，"成句谜"又引起了大家的兴趣。在众多"成句谜"中，以唐诗名句作谜面的尤为广大猜谜爱好者青睐。通常运用"增损离合"手法的"唐诗灯谜"最容易让人猜破。例如有人以"诗仙"李白《静夜思》中的诗句"床前明月光"作面，要求打7笔字一。根据面句所示方位与笔画，可以获知"床前"为"广"，"明月光"为"日"，两下里凑为"旷"字，便是谜底。再来看一条仍以李白名句为谜面的谜："昨日之日不可留"（见《宣州谢朓楼饯别校书叔云》），要求打非洲国名一。我们揆度面句，很快可以得出"乍"字，进而联想到谜底"乍得"（注：别解为"可得一'乍'字"）。当然，也有让人"云山雾罩"的离合体"唐诗灯谜"。清代梁绍壬《两般秋雨庵随笔》中有这么一条字谜，谜面用的是"诗圣"杜甫《登高》里的名句"无边落木萧萧下"，谜底为"日"字。初睹此谜者定会大惑不解，原来作者在谜中设下了扣合朝代的陷阱："萧萧下"三字不

88

作树叶飘落解释，而是强行曲解为"在南北朝时，南朝姓萧的两朝（即齐朝、梁朝）之下的朝代和皇姓"，那就是陈霸先建立的陈朝。再联系诗句的前四字"无边落木"，将"陈"（繁体作"陳"）去掉偏旁与"木"字，这才得出个"日"字。这条谜晦涩曲折，分明存心为难猜者。

现今出现于猜谜场合的"唐诗灯谜"大多以"会意体"为主，不但洋溢着文学气息，而且充满了谜味谐趣，诚可谓"诗中有谜，谜中有诗"。例如有人以白居易《琵琶行》诗句"门前冷落车马稀"打大型飞行器简称一，谜底为"空客"（注：别解为"空缺的是宾客"）。又如以王昌龄《闺怨》中名句"忽见陌头杨柳色"打称谓名"女知青"（别解为"该女知道杨柳吐青了"）。再如以韩愈名句"雪拥蓝关马不前"打肉制品"冻蹄"。还有如以李白的"独酌无相亲"打集邮名词"孤品"（注：别解为"孤单一人在品酒"），以杜甫《石壕吏》中的"夜久语声绝"打常言"不明不白"（注：明，天明；白，说话），以王维的"劝君更尽一杯酒"打外国地名"巴尔干"（注：别解为"巴望你干掉这杯酒"），以白居易《问刘十九》之"能饮一杯无"打口语"干吗"。这些谜均是贴近生活的好谜。

还有一种谜底内容较丰富的集锦式"唐诗灯谜"，颇富想象力，很受爱谜者青睐。它将几个同类词组装成"复式"谜底，适当增加难度，从而提升谜趣。例如上海灯谜名家朱育珉曾以李白《望庐山瀑布》里的名句"飞流直下三千尺"为谜面，打中国少数民族四，谜底为"高山、水、景颇、壮"（注：别解为"高山瀑布流水景致颇为壮观"之意），妙用顿读、自然贴切。又见有人以杜甫称誉卧

灯谜谐趣园

龙先生的诗句"诸葛大名垂宇宙"打《水浒传》人名二，谜底为"宣赞、孔明"（诗见《咏怀古迹五首·其五》）。另见有人以高适《别董大二首》中的"天下谁人不识君"打中国地名二，谜底为"大名、常熟"。还有人以李白《早发白帝城》中的"两岸猿声啼不住，轻舟已过万重山"打物理名词二，谜底为"共鸣、速度"。以上都是些别开生面、耐人寻味的"唐诗谜"，诗中蕴含谜意、谜中透发诗情。

唐诗篇目任君猜

我从小喜读蘅塘退士编就的著名唐诗选本《唐诗三百首》。爱谜的我学做灯谜时，见前辈谜家制过许多唐诗灯谜，如用《论语·季氏》里的"戒之在斗"打裴迪《送崔九》诗句"莫学武陵人"（注：陵，古同"凌"，侵犯、欺侮），用"梅鹤怡情"打杜甫七律诗句"却看妻子愁何在"（注：用宋代隐士林逋"梅妻鹤子"典故）等，似乎唐诗谜的底材尽出自该书。后来才知道，这是当时谜界约定俗成的规矩，为的是让人容易猜射。可惜的是，唐诗里能撷入谜材者，几乎都已被谜坛前贤用尽，令我辈难以为继。

转而一想，《唐诗三百首》篇目多又短小精悍，不正是推陈出新的好谜材吗？于是我就试撰了一些，曾在上海书城及上海古籍书店邀我主持的灯谜会上悬出征射，居然颇受欢迎。例如"拜访老丈人"打杜甫五言古诗篇目《望岳》（注：岳，别解为丈人），"大宋请客"打韦应物五言古诗篇目《东郊》（注：别解为"作东者为宋郊"，人称宋代文人宋郊、宋祁兄弟为"大小宋"），"熟能生巧"打李白乐府诗目《长干行》（注：别解为"长时间去干就能行"），"天下有情人都成了眷属"打沈佺期乐府诗目《独不见》（注：独，单身）。即使是带格的，猜者也能一射中的，例如"渐入暮年"（卷帘格），打七言乐府诗目《老将行》（注：按格法，逆读为"行将老"扣面）。

笔者曾在"海上谜谭"猜谜微信群里出了一些唐诗篇目灯

谜，承谜友们不弃，猜得不亦乐乎。今献丑于下，供读者诸君猜射一乐：

1. 举贤荐能（打五绝篇目一）
2. 美容业（打七言乐府诗目一）
3. 不孕求医（打七绝篇目一）
4. 谢绝馈赠（秋千格，打五绝篇目一）

谜底分别是：1.《送上人》（注：上，上佳）；2.《丽人行》（注：使人美丽的行业）；3.《为有》（注：有，有喜）；4.《送别》（注：逆读作"别送"）。

嵌有人名的灯谜

我们在猜灯谜时, 常常会碰到嵌有古今各色人等名字的谜面。不必为这些发愁, 相反这却能为猜者提供很好的破谜线索。不妨从人名入手, 顺藤摸瓜, 从而揭穿谜底。

较为习见的是题面显示人的名字 (包括笔名、艺名等) 或外号 (包括誉称、昵称等), 那就可以由此联想到他或她的姓氏、本名或别称等, 这些文字估计十有八九会隐藏在谜底中。求出这些后, 再琢磨谜面中其他文字的意思, 更进一层地叩开谜底之门。例如有这么一条谜, 谜面为"茅盾当编辑", 要求打已故现代作家一。大家知道, 写有著名长篇小说《子夜》等的作家茅盾, 本名沈德鸿, 字雁冰, 于此很容易让人想到谜底中会寓藏其姓氏"沈"。谜面上的"当编辑"乃"从事文字工作"之意, 这么一来, 谜底便迎刃而解了, 应为"沈从文"。再看一条:"《鲁迅全集》价不菲", 打成语一, 谜底为"大费周章"。这也是以笔名扣姓氏的, 鲁迅的本名为周树人, 谜底中的"周章"别解为"周树人的文章", 正好与面上的《鲁迅全集》相扣;"价不菲"是费用开支大的意思, 恰跟谜底中的"大费"切合, 故而相扣。笔者还见到过一条以笔名扣合连名带姓本名的灯谜:"作家三毛乃笔名"打现代文学学者一。倘若你熟悉台湾女作家三毛, 一定知道其本名为"陈平", 那谜底便昭然若揭了, 他便是写过《中国现代学术之建立》等的"陈平原"。

然而, 出现频率较高的还是誉称、封号、别称等。例如下列三

灯谜谐趣园

谜：1."'昭和棋圣'称雄棋坛"打电影导演"吴子牛"；2."'鉴湖女侠'华夏英烈"打节令誉称"中秋佳节"；3."松雪道人事后朝"打已故语言学家"赵元任"。第一条的"昭和棋圣"是指"吴清源"，谜底应别解为"吴清源的棋子真'牛'"之意。第二条中的"鉴湖女侠"系辛亥革命女英烈秋瑾的自称，此谜谜底则作"中华秋瑾乃有佳名之英杰"解。第三谜中的"松雪道人"是南宋末书画大家赵孟頫的号，他后来出仕元朝，谜面即以此事为题，谜底当作如是解："赵孟頫在元朝担任了官职"。

至于用诨号与封号挂面的，也不乏其作。例如以"延平王赐联拜收"打航天名词"成功对接"、用"弱秦何以变强秦，全仗铁腕始皇帝"打国际名词"地缘政治"、拿"美髯公大名"打科技名词"人工合成"者。第一条"延平王"为明末民族英雄郑成功的封号，谜底在此别解为"郑成功的对联接受了"之意。第二条"始皇帝"为秦朝嬴政的自封号，故世称"秦始皇"。谜底中的"政"也是作人名解，即"嬴政"。整个谜底当别解为"那地方就因为嬴政在治理"，"缘"作"因为"解。第三条"美髯公"乃古典小说《水浒传》里梁山好汉"朱仝"的诨号，"美髯公"的大名为"仝"，所以扣谜底"人工合成"，稍微拐了个弯，因此有趣多了。

当然，那些直截了当以人名与字号互扣的灯谜似乎更受猜者欢迎。像以"汉司马相如"打唐代诗人"刘长卿"(注：汉代帝王姓刘，世称"刘汉"，故"汉"可扣"刘"；汉代文学家司马相如，字长卿)、"董小宛香闺"打京剧《白门楼》(注：明末清初秦淮名妓董小宛，名"白"，故扣)等，皆因较为显豁，通俗易懂，特别吸引一般的爱好者。

含有数字的灯谜

　　如果你经常猜射灯谜的话，一定遇到过谜面上出现数目字的作品。这些被谜界戏呼为"数字灯谜"的文字游戏，其内容丰富、手法众多，诚可谓五花八门、各呈谐趣。

　　最直接明了的，便是那些干脆以数字作题面的灯谜了。例如以阿拉伯数字"69"作面，要求打一句成语。猜者可从数字顺序上悟出谜底为"七上八下"。也有用汉字标示的，如以"一、二、三、四、五、六、七、九、十"为谜面，要求打一个三笔字。细心的读者一定会觉察到，谜面仅罗列了十个基本数字中的九个，却单单少了个"八"。换言之，整个谜面的意思是"只少八"，据此我们不难求出谜底，当为"口"字（注：别解为"'只'少掉了'八'，余下为'口'"之意），这条谜比前一谜稍微曲折了一点。

　　较为常见的是换算形式的"数字灯谜"，它们多半用加减法使底面的数字相等，产生"自圆其说"的别解谐趣。例如以"'五四'颂"打爱国诗人屈原的名作《九歌》（注："五四"相加为"九"；"颂"作"歌颂"解，扣"歌"）；还有以"十九"打成语"一念之差"（注：吴方言中，"念"即"廿"，作"二十"解。谜底应别解为"一和二十之间的相差之数"，故扣）。当然用乘法扣合的也有，例如以"27岁"打法国作家雨果的长篇小说《九三年》（注：九乘三为"27"；"年"扣"岁"）；还有如："魔术艺龄49年"打抗战史名词"七七事变"（注："49"扣"七七"；"事变"别解为"从事变魔术"）等。上述

灯谜谐趣园

灯谜看上去就像作者在追求底面上数字经运算后达到平衡的效果，其实这也是一种数字的"别解"技巧，猜谜者不可不知。

也见有人利用"度量衡"及公市制等单位的数量换算入谜。例如以"斗"为谜面，打植物名"百合"。这里的"斗"和"合"（应读作gě）均别解为容积单位，因为一斗等于十升，而一升则为十合，换言之，一斗应为一百合，故而相扣。我们再来看一条类似的灯谜，谜面为"升"，要求猜一个传统礼仪。倘若我们循着容积单位换算的思路，你不难发现谜底为"合十"，意思是一个"升"换算成"合"的话，应该是十个，故而相扣。"合十"原为佛教中的一种礼节，即双手合掌以表尊敬之意。笔者记得儿时曾猜过两条灯谜，一条以"十尺蓝布"打《水浒传》诨号"一丈青"；还猜过一条以"老秤半斤"打成语"三三两两"的谜。前者用"十尺"折合为"一丈"，拿"蓝布"与"青"相扣。后者谜底须顿读作"三三两／两"，前三字别解为数字，相加为"八"，后一字"两"则作为重量单位解。至此，谜底已别解为"八两"，适与谜面吻合。因为旧制十六两为一斤，至今不是还有一个比喻彼此一样的成语"半斤八两"吗？更有甚者，有人找出古代计量单位制成灯谜。如以"三十里"为面，打已故现代作家"老舍"。这里的"舍"已别解为中国古代长度计量单位，按制三十里为一"舍"，也就是成语"退避三舍"（本义为"退让九十里"）中的"舍"字之义。"老舍"在此别解为"古时的一'舍'"之义。至于以公制长度单位与市制的互相换算，在灯谜中也比较常见。例如以"正好1500米"打人体穴位名"足三里"（注：别解为"足足有三市里"）和以"一个不满三尺，一个超过三尺"打粮食名二"小米、大米"（注：米，别解为旧称

"公尺"），都是些能巧借换算、扣合浑成的数字灯谜。

除了谜面上展示数字外，尚有仅在谜底上隐含数字的"数字灯谜"。通常我们遇到谜面上出现数目字的灯谜，还比较容易对付，因为可以根据这些数字信息，或运算，或换算，或按数序等方法直探谜底。相对而言，那些只在谜底里隐含数字的灯谜，猜射起来就得多费点心思了。

一般说来，只要你在谜面上见到蕴含时间元素的词语，如岁时、佳节、纪念日或年龄等，就该想到谜底中可能会有数字躲着。请看下列三谜：第一条谜面为"上灯日已过"，要求猜一种古籍的合称。众所周知，自古以来，农历新年的元宵期间，我国民间有大放花灯的习俗，故元宵节又有"灯节"之称。正月十三为"上灯"之日，十八为"落灯"之日，十五元宵节则为灯节正日。谜面上的"上灯日"暗示数字"十三"，"已过"则作"经过"解，故谜底为《十三经》。第二条为"元宵节通车"打昆剧《十五贯》。"元宵节"寓意"十五"，"贯"作"贯通"解，与"通车"相扣。也有将传统佳节稍作变化隐含数字的，例如以"重阳佳节人皆晓"打政治用语"九二共识"。大家知道，重阳佳节是农历九月初九，因而在此扣合"九二"，"人皆晓"切合"共识"二字，故而相扣。又如以"字据写于除夕"打成语"三十而立"。"除夕"俗呼"大年三十"，正切数字"三十"，"写字据"又叫"立字据"，所以谜底为"三十而立"。在面句上设置纪念日引出数字的也颇有趣，如以"妇女节前夕"打中药名"三七"，因为每年的三月八日为国际劳动妇女节，"三八"前夕则无疑便是"三七"了。

还有一类灯谜，作者以"合称"为掩护，悄悄地把数字纳入谜

灯谜谐趣园

底之中，猜谜者得多加小心才是。例如有一条脍炙人口的旧谜，谜面为"何仙姑守洞"，打《三字经》一句，谜底为"七雄出"。何仙姑是传说"八仙"中唯一一位女性，她在看守仙洞，换言之，即另外七位男性仙人已外出，因此谜底为"七雄出"（注：雄作男性解）。又如以"梁山聚义"，卷帘格，打电影名《八百罗汉》。按格法，谜底须逆读作"汉罗百八"，别解为"好汉罗列了一百零八位"之意。这里以"梁山聚义"引出"一百零八将"合称数目，再巧用"卷帘"倒挂亮出"八百"之数，颇具巧思。

在众多的数字灯谜中，有一种"明修栈道，暗度陈仓"式的最为爱谜者所称道。谜作者不露声色地遣词造句，经营谜面，巧妙地将数目字嵌进谜底中，让猜者防不胜防，一旦揭晓才恍然大悟，不禁拍案叫绝。例如有人以古典小说《三国演义》中，应邀过江的诸葛亮探望病中的周瑜时写的"药方"——"欲破曹公，须用火攻，万事俱备，只欠东风"为谜面，打词牌名二。谜底为"《十六字令》《满江红》"（注：别解为"这十六个字让曹操的战船烧得满江通红"）。狡黠的谜作者在此将谜面的字数悄无声息地塞进谜底，真是妙不可言。笔者曾效颦做了一则谜，谜面为"威名赫赫刘志丹，战功赫赫朱老总"，要求打慈善组织一。细心的读者会发现谜面上藏着十个表示红色的字：两个"赫赫"（可视作八个赤），一个"丹"，一个"朱"，加起来一共十个，所以谜底是"红十字会"。这种利用谜面字词数目来扣合的灯谜还得提防它用大写与小写互扣的障眼手法，如以"上海、海上、沪渎、歇浦、魔都"打京剧名《伍申会》，谜底别解为"五个申地名字相会了"。

漫话"春"灯谜

自南宋临安 (今杭州) 元宵灯节有"好事者"将谜粘于纱灯上任人猜射后, 灯与谜便结下不解之缘, 诞生了"灯谜"。灯谜常现身于新春佳节, 故又名"春灯谜", 简称为"春灯"或"春谜"等。

在众多的春灯谜中, 我尤其偏爱一些植入春天元素的作品, 曾戏呼其为"春"灯谜。记得在读初中时, 我见过一条流传很久的字谜, 谜面为"春雨连绵妻独宿", 至今印象深刻。猜射此谜, 需如手剥春笋一般, 层层除壳方见佳蔬本相。先将谜面视作"春/雨连绵/妻独宿", 再把"雨连绵"解作没有太阳, 即"无日"之意, 继而从"妻独宿"三字中悟出"夫不在"之意。"春"字里既无"日", 又"夫"不在, 那么只剩下个"一"字了, 那就是谜底。这是一条典型的"离合体"灯谜。

后来, 我接触灯谜多了, 终觉得那些专以拆拼为能事的"离合体"谜, 远不及别解巧妙、扣合浑成的"会意体"灯谜引人入胜。下面介绍几条以古典诗词为谜面的"会意体"谜:

第一条是以宋代苏轼《惠崇春江晚景二首》诗中名句"春江水暖鸭先知"为谜面, 打疾病名"禽流感", 谜底已巧妙地别解为"家禽鸭子在河流中感到水暖"。第二条以唐代诗人贺知章吟咏春风细柳的佳句"不知细叶谁裁出"为谜面, 打食品加工方法一。此谜可采用"承上启下"手法破底。诗的下一句是"二月春风似剪刀", 谜底便昭然若揭了, 乃"自然风干"(注: 别解为"自然是春风所干")。

灯谜谐趣园

　　有些带有动人故事的"春"灯谜更具迷人魅力。浙江乐清老谜家李振洲有条入选《现代灯谜精品集》的好谜，谜面是唐人崔护《题都城南庄》诗中的结句"桃花依旧笑春风"，要求打《唐诗三百首》篇目二。这首诗的故事流传很广：诗人在长安南庄邂逅一位姑娘，她那美丽的面庞和盛开的桃花互相映衬。第二年再游故地，却已物是人非，只有满树桃花依旧笑对春风。所以谜底为"《独不见》《佳人》"（注：别解为"单单不见佳人"），此谜以唐诗扣唐诗篇目，颇具本地风光雅趣。

　　无独有偶，海上谜家刘茂业也有一条蕴含爱情故事的"春"灯谜："伤心桥下春波绿，曾是惊鸿照影来"，打文学名词二。谜面撷自宋代诗人陆游晚年游绍兴沈园时的诗作名句。年逾古稀的诗人来到四十多年前与前妻唐琬来过的沈园，欲重寻芳踪，见小桥春波依旧，当年翩若惊鸿的唐氏早已离异亡故，触景伤情，以诗怀人。由此意思，可以求出谜底为"游记、唐诗"（注：别解为"陆游记挂着唐琬的诗句"），扣合自如，允称佳构。

因"异"生趣的灯谜

　　我们谈到灯谜独有的"别解"特点时, 常常会强调它利用汉字一字多义的特点, 即故意掩去一些文字的本义, 存心运用它的歧义, 使题面与谜底的意思得以互相吻合, 从而产生出奇妙的谐趣。其实在灯谜中, 制谜者还会着眼于一些汉字有一字多音或多形等特点, 匠心独运地结合文义别解手法, 制作出妙趣横生的灯谜来。

　　汉字是由意符、音符和记号所组成的, 意符选取的角度因人而异, 音符也不同于拼音文字中的字母。所以, 一字多形的现象在汉字的历史上比比皆是。将异体字引入谜中, 这也就好比给制谜者增添了一条制谜途径, 同时也犹如为猜谜者多配置了一把打开谜底之门的钥匙。下面我们就谈谈利用"异体字"制成的各种趣谜。

　　先来看一条扬州老谜家陈楠制作的成语谜, 谜面为一个"直"字, 要求打一句四个字的成语。这条谜出现在某次谜会上, 着实难倒了不少射谜高手, 直到揭晓谜底为"同心同德"时, 尚有许多人大惑不解。原来是作者在这里巧妙地利用"异体字"字形的不同, 使了障眼法, 蒙住了大家。在破这条谜时, 必须得知道有这么个字: "悳", 它乃是"德"的异体字。在此, 谜底应作如是解: 谜面"直"字与"心"字一同的话, 则为与"德"相同的异体字"悳"。因为谜面孤零零的一个字 (谜界称为"独字谜"), 还得转弯抹角地凑成"异体字", 因而让猜者犯了难。如果谜面上的文字里有"异体字"可琢磨, 那就容易一些了。例如有这么一条谜, 谜面为"筷子一放", 要求打一个12笔的字。我们仔细审视谜面，可以发现"筷子"似乎是个突破口，筷子古代叫"箸"，马上让人联想到它有个异体字为"筯"，再根据谜面之意，将"筯"中的"一"放掉，正好成了12笔的"筋"字，这就是谜底。

不过，也有人为了让猜者少走弯路，于是在谜面上暗示，写上个"异"字，借以透露此谜需往"异体字"上去寻思的信息。例如以"怪异"一词为谜面，要求打四字成语一句。我们不妨遵循谜面所示，往"怪"字的异体字上加以思索，便可得出一个"恠"字，依此字形则可推敲出谜底为"心不在焉"，别解为"如果竖心旁不留的话，那么就是'在'字了"。又如以"同中有异"为谜面，打四字科技名词一。显而易见，我们得从"同"的异体字"仝"上去叩开谜底之门："仝"字是由"人""工"二字合成的，这么一想，谜底便昭然若揭了，它就是"人工合成"。还有一条就更为显眼了，谜面为"此乃异体字"，要求打中国地名二。依面句所示，应从"乃"的异体字上动脑筋："乃"的异体字为"迺"，我们若留神端详"迺"字的话，一定会发觉它由"西"和"辶"组成，而"辶"则可视作是"通"字的南部笔画（按地图上北下南方位），从中便可悟出谜底为"西藏、南通"（注：别解为"西"字藏于"通"之南面）。

由此可见，我们如果多了解一些字的异体字形，对于猜玩灯谜还是有所帮助的。

以"繁"酿味的灯谜

　　为了广采谜材和拓宽谜路, 灯谜作者不仅着眼于汉字的"异体字", 有的还打起了利用"繁体字"扣谜的主意来。他们细心地辨别繁简体字之间的差异, 利用两者间的关联, 独具匠心地将繁体字元素糅入谜中, 巧妙地用表示过去的字词, 如用"老""旧""老字""往昔"或"久远"等来隐示曾普遍使用过的"繁体字", 而以"新"或"新字"等暗喻自1956年来, 正式实施《汉字简化方案》后广泛使用的"简化字"。上海老谜家袁先寿曾制作过这样一条趣谜: "新字号并入老字号"(打字一)。乍一看, 好像说的是店家的合并事宜, 其实作者在此狡黠地以"新字"和"老字"分别暗示简化字和繁体字, 整个谜面应别解为"若将简化字(新字)的'号'并入后, 则成为繁体字(老字)的'号'(即號)", 据此悟出谜底当为"虎"字。受了上谜的启发, 笔者曾效颦制作了一条糗谜: "来到新乡见老乡"(打字一)。请别以为"新乡"是河南地名, "老乡"乃同里的乡亲, 这里应视"新""老"为简繁体字的隐指。这么一来, 相信谜底已被你慧眼识破, 是个"郎"字, 因为"乡"的繁体字乃"鄉"(注: 简体的"乡"字到来后则变成繁体的"鄉")。

　　有时候, 谜作者还常用"旧""旧模样"或"往昔"等字词来引导猜者往"繁体字"上去寻思。例如以"旧时模样"打传统京剧名《天齐庙》(《断太后》的别名)。此谜谜面应视作"时"这个字的"旧模样", 换言之, 也就是它的繁体模样, 那便是"時"字, 由此以"天"隐"日"，以"庙"隐"寺"，且二字并齐排列，故而相扣。又如以"爱心圆旧梦"打一个"萝"字。粗粗一看，可能会不明就里，倘若我们从前述诸谜中获得经验来如法试猜的话，一定不难发现其中有隐指繁体字的线索，那就是"旧梦"二字，分明告诉我们得从"梦"的繁体字，即"夢"字上面去推敲。再联系谜面的上文"爱心圆"三字，可别解为将"爱"字的中心笔画"冖"圆合上去之意，照此意思谜底则为"萝"字无疑，因为它将爱心秃宝盖圆上，则为旧时的"梦"字："夢"。

最后再介绍一条，谜面为"忆往昔"，要求打四字成语一条。根据面句提示，可理解为这是在说"忆"这个字的往昔字形，也就是指它的繁体字"憶"。此字由一个"心"字与一个"意"字组合而成，所以谜底为"一心一意"。

这些凭借繁体字形来提升谜味的灯谜，藏掖巧妙，曲折有致，引人入胜。随着"古典文学热"的升温，人们对阅读古籍兴趣已大大提高，对繁体字已不再陌生，何况还有文史工具书可检索，或者上网查找。笔者以为，适当地使用一些繁体字元素制成灯谜，让有一定古典文学素养的灯谜爱好者猜射，还是会受到欢迎的。

合"时"而作的灯谜

　　如果你经常猜谜的话，会发现一个有趣的现象，那就是时间元素在灯谜中出现的频率是很高的。有的是直接使用，然而大多数却是转弯抹角地亮相。例如笔者儿时猜过的一条人名灯谜："年年二三月"(打明代大将一)，谜底：常遇春。"二三月"是春天，年年如此，经常遇到之意，故而相扣。这是直截了当地点明时光。但是，出谜的人却喜欢与你玩捉迷藏游戏，故意绕个弯子，也就是《文心雕龙·谐隐》上说的"回互其辞"，那猜的人就得仔细寻思，从中窥破端倪，揭穿谜底。这就需要我们尽量多地掌握有关时间的知识，这样才能有备无患地对付狡黠的出谜者。

　　比如，我国传统的历法"农历"，又称阴历、夏历、汉历等，对于每个月里不同的日子有着不同的叫法，如月头"初一"称"朔"，月中"十五"称"望"，月底称"晦"等。假使谜条上有着"初一""十五""三十"或"月底"等字样，很可能"朔""望""晦"会隐匿在谜底里。请看下面三条灯谜：一、农历初一日出时(打广西地名一)，谜底：阳朔；二、十六成亲(打成语一)，谜底：大喜过望；三、晦(打花卉一)，谜底：月季。第一条显豁易明。第二条稍微变化了一下，十五称"望"，十六则当然为刚过了"望"，因而以"过望"相扣，"大喜"是结婚的意思，故扣。第三条的变化更大了，"晦"是月末，谜底中的"季"应别解为最后的意思，如清朝末年称为"清末"或"清季"，所以"月季"别解为"月末"与"晦"相扣。也有用月份的民

灯谜谐趣园

间俗称入谜的，例如把六月称为"伏天"，十一月叫作"冬月"，十二月呼为"腊月"等。下列三谜就是用这些词语的例子："时逢'处暑'"打科技名词"光伏"，"十一月货车停运"打少数民族乐器"冬不拉"，"时交十二月"打宋代农民起义首领"方腊"。这里首条中的"处暑"是农业"二十四节气"之一，为伏天过了后的一个节气，故扣"光伏"（注：作伏天过完解）。次条谜底应别解为"冬月不拉货"之意，末条谜底应别解为"方始到了腊月"。

此外，尚有以民俗中特定日子的称谓为谜材的。众所周知，元宵佳节又称"灯节"，通常张灯赏灯有六天之久，即定正月十三为上灯日，十八为落灯日。当你见到谜面有"上灯日"或"落灯日"时，谜底中准有"十三""十八"之数。例如"上灯日已过"打古书合称《十三经》（注：经，经过）与"落灯日闲聊神侃"打京剧《十八扯》（注：扯，扯淡）。

还有九月初九"重阳节"、七月初七"乞巧日"等，也是灯谜爱好者关注的对象。例如"米寿诞期乞巧时"打俗语"七七八八"（本义为零零碎碎、各式各样），"乞巧"扣"七七"，另外俗称"八十八岁"为"米"寿，因"米"拆开为"八十八"，故扣。

由此看来，这些合"时"而作的灯谜还是颇有知识含量、耐人寻味的，希望读者能喜欢。

藏着地名的灯谜

经常猜射灯谜的朋友，想来会遇到一些在题面上出现地名的灯谜。有的是用今名，有的是用古名，更有写上誉称和别称的。笔者曾在上海微信猜谜群"微谜会"公众号上出过一谜，谜面为"太原买来八仙桌"，打四字商业名词一。此谜颇受射谜者错爱，居然有近千位谜友应猜，中"的"者竟达数百之众。经揭晓，谜底为"并购方案"。原来山西太原，古称"并州"，如那里出产的剪刀很有名，人称"并剪"。谜底里的"并"在此已别解为太原的代称。"八仙桌"是一种方形大桌子，故以"方案"（案，别解为桌子）称之，所以谜底为"并购方案"（注：由"并"地购得方桌）。"并"已作为破解此谜的关键字，谜界人士仿诗家"诗眼"之说，称作"谜眼"。再介绍一条以地名别称为"谜眼"的作品："参观浙江瑶琳胜境"，要求打晚清大臣一。此谜的机关在"浙江"，须知它因水道曲折蜿蜒，犹如"之"字一般，故呼浙江为"之江"。"参观"是看的意思，可扣姓氏中的"张"（如"张望"之张），"瑶琳胜境"为石灰岩溶洞，因此谜底应为"张之洞"（注：看之江畔的溶洞）。

运用古称地名扣合的趣谜还真不少，例如："落户潞州好多年"打成语"长治久安"、"辽宁奉天当秘书"打现代作家"沈从文"、"曾在南昌把手牵"打国名"洪都拉斯"、"温州还是那个温州"打陈忠实的长篇小说《白鹿原》、"楼书地标锦官城"打隋代人名"宇文成都"等，皆是巧用地名古称或别称的灯谜。其中第一条的"潞州"即

灯谜谐趣园

现今山西长治的古名，谜底"长治久安"借此已作别解："在山西长治长久地居住着"。第二条里的"奉天"乃辽宁沈阳的旧名，这儿的"沈"已由姓氏别解成地名沈阳的简称，谜底"沈从文"至此已别解为"在辽宁沈阳从事文书工作"。第三条内的"洪都"已别解为江西南昌的古称，语见"初唐四杰"之首王勃传世杰作《滕王阁序》中的"豫章故郡，洪都新府"。谜底"洪都拉斯"可别解为"在南昌拉过这个手"，"斯"在此作文言文指示代词，从而与谜面相扣。第四条谜底中的"白鹿"应作浙江温州的别称解，相传温州筑城时，有一白鹿衔花跨城而过，故以"白鹿"称之。谜底《白鹿原》于此应别解为"白鹿城温州犹是原样"之意。最后一条谜面上的"锦官城"，系四川成都的别称。据说，三国时期蜀国盛产织锦，时称"蜀锦"，后在都城设锦官、建锦官城，于是留下了这个地名别称。谜底中的"宇文"原为复姓，今别解作"楼宇文书"，这里的人名已巧妙地转身为地名了。

　　然而，根据笔者主持谜会的经验和体会，似乎以简称扣地名的灯谜更受一般群众欢迎。例如下面的几个例子，如："苏州工匠"打现代画家"吴作人"（注：吴，苏州简称）、"定是吴门莫置疑"打花卉"苏铁"（注：吴门，苏州；铁，铁定）、"上海常来常往"打明代大臣"申时行"（注：申，上海简称）、"湖北盛产此物"打内蒙古地名"鄂尔多斯"（注：鄂，湖北简称；尔，作语末助词；斯，这个）、"游宝岛"打话剧《戏台》等，均是悬后无多时即中的纸老虎（灯谜又名"文虎"与"灯虎"）。看来，多了解一些地名的称呼对于猜谜是大有裨益的。

“部首”撷来妙趣生

　　根据汉字形体偏旁所分的门类，偏旁相同的为一部，如“呵、啊、哈、呢”属“口”部，“岩、岳、岭”属“山”部，“妯、好、娌、妇、婆”属“女”部。“部首”是具有字形归类作用的偏旁，是字书中各部的首字。

　　在猜谜活动中，我们常会遇到一些有意将“部首”撷入谜中的灯谜，千万得存个心眼，别让作谜者的障眼法得逞。倘若是明示部首的还好对付，如有这么一条谜：“掺水便可盖图章”(打国名简称一)，谜底为“印尼”。如在谜底“印尼”之中掺入部首“氵”(水)，则成“印泥”，正是可盖图章的文房用品，故能相扣。

　　由于传统字书上习用的部首称谓与现今简化的叫法有所不同，所以狡慧的灯谜作者就利用这个差异，声东击西地隐匿谜底，与猜者玩起捉迷藏游戏来。例如下面一谜，谜面仅一个字，俗称“独字谜”：“弱”(打冠数量体育用品一)，谜底为“一双溜冰鞋”。乍一看，令人费解，如获知“弱”中巧藏部首“冫”(即冰)及古代称女性鞋子为“弓鞋”便可豁然开朗。原来此谜用的是“离合法”，在谜面“弱”离去两个(隐“溜”字)冰(“冫”)字，即剩下一双“弓”(鞋)，因此谜底为“一双溜冰鞋”。有的部首因为字体楷化缘故，笔画减少了，如“珍珠玛瑙”的部首“王”，现称“斜王旁”，旧作“玉”部，也叫“斜玉旁”。有人就据此作了个“独字谜”：“不”(打传统越剧一)，谜底为《玉连环》，意思是“不”字与“玉”(即“斜王旁")相连,则为"环"。同样方法,如以"朱"为谜面,打一句成语"珠玉在前",意思是倘要使"朱"为"珠",必须"玉"(即"斜王旁")在前。

更为有趣的是,谜人运用部首知识故布疑阵,令猜者捉摸不透,从而产生谐趣。例如以一"阝"字为谜面,要求打影片一。此谜悬了好一阵子,无人中鹄,后经揭晓,谜底为《左耳》,原来在部首里位置在左的耳朵旁,如"陈、阵、陆、陶"的"阝"(俗称左耳旁),旧作"阜"部,故扣。那么右耳旁呢,旧作"邑"部,如"郊、郭、邬、邻"的"阝"。无独有偶,也有人作了个"独字谜",谜面为"者",要求打中国地名二,谜底为"安邑、成都"。别解为:"者"字安上右耳旁(即"邑"),便为"都"字。可见小小部首,撷入谜中居然可平添出不少谜趣哩。

茶趣灯谜小谈

笔者不抽烟，不饮酒，就爱喝茶。玩灯谜时，爱屋及乌，凡与香茗有关的灯谜都特别喜欢猜射。

记得小时候曾经猜过一条字谜："人在草木间"，谜底是"茶"字。此谜较为浅显，用的是"离合"手法。这是我初次见到的茶趣灯谜，至今印象深刻。

后来接触灯谜多了，我发现以茶为谜材的作品还真不少。一种是直接拿茶名做谜底的，例如"佛祖收服孙大圣"打黄山名茶"太平猴魁"（注：别解为"猴王从此太平了"）、"江枫渔火"打蜀中名茶"川红"（注："川"作江河解）等。

另一种乃是作者狡黠地将茶名巧藏于谜面，故意与猜者"躲猫猫"。例如"乌龙院"，打话剧一。倘若你识破"乌龙"是一种半发酵的茶，那么谜底就可循迹找到，乃是老舍的《茶馆》。又如用"大方之家"为谜面，也打一出话剧。假使你是老茶客的话，不难窥破"大方"也是一种名茶，谜底便可迎刃而解，仍是《茶馆》。

还有拿产地和名茶进行扣合的："安溪名茶展销会"，打常言一，谜底为"大摆乌龙"（注：福建安溪盛产乌龙茶）；"东山开采碧螺春"，打音乐组合一，谜底为"苏打绿"（注：别解为"在苏州打掉绿茶的叶子"）。

杂有茶文化元素的茶趣灯谜尤为有味，如以"陆羽"（《茶经》作者）为谜面，打台湾女作家、春秋人名各一，谜底为"三毛、重耳"

（注：别解为"有双重的三根羽毛"，"耳"作语末助词）。另如"上辈茶肆为侍者"，打学界称谓一，谜底为"博士后"（注：别解为"茶博士的后代"，旧时称茶肆侍者为"茶博士"）。再如用宋代苏轼《试院煎茶》诗句"蟹眼已过鱼眼生"为谜面，打两字口语一，谜底为"滚开"。原来古人把煎茶时将沸之水的气泡比作"蟹眼"，已沸冒出的气泡则比作"鱼眼"，谜底应别解为"茶水沸滚已烧开"。这些谜里蕴含着茶文化知识，获得了爱茶人士的喜爱。

花花草草惹人思

　　在上海植物园举办"上海花展"期间，笔者有幸被邀主讲"花卉与灯谜"，以"花卉灯谜"与大家互动。这次讲座既介绍了猜谜的诀窍，又普及了花卉的知识，一举两得，因而颇受欢迎。

　　鉴于听讲者多为初次接触灯谜的爱花人士，我以"会意"手法的同底花卉谜开场，让大家如法猜射。例如"前后一百二十天"，打花名一，谜底为"月季"（注：一个月30天，一季为90天）。再来一条："晦"，仍打花名一，谜底还是"月季"。"季"在此别解为"末"；"晦"是农历每月月末。又如用"妈祖"为面，打花名"洋水仙"（注：别解为"海水里的神仙"）。再如以"常熟佳丽"作谜面，打花名"虞美人"（注：虞，常熟的简称）。当我再以电影名《色，戒》作谜面时，台底下早已异口同声地呼出谜底"虞美人"。这里的"色"为美色之意，"虞"作"防备"解。

　　趁众人被吊起猜谜胃口时，我又送上几条较为浅显的花木灯谜。一条是"大手大脚"，打树名"金钱松"；另一条是"女方择偶标准低"，打树名"罗汉松"。前者别解为"用钱出手很松"，后者则作"搜求男人很宽泛"解。还有"白娘娘迎宾"，打"兔子花"的别名"仙客来"（注：别解为"许仙家里有客来"）。"李纨之夫与公子"，打花名"珠兰"（注：贾珠、贾兰，见《红楼梦》）。"介绍越剧徐派创始人"打花木"白玉兰"（注：白，说；玉兰，徐玉兰）。"疲劳消除"打"紫玉兰"的本名"辛夷"（注：夷，消除）。"独酌五茄皮"打草花

灯谜谐趣园

"一品红"(注:一品,一个人品尝;五茄皮酒,色红)。"重男轻女"打"丁香"(注:别解为"男丁吃香")。"名媛"打草花"酸浆"的别名"红姑娘"(注:红,出名)。

另有几条用植物猜植物的谜,特别吸引植物园的猜者。例如以"棉桃"打花名"铃儿花"、"仙人掌"打果木"佛手"、"梧桐"打树名"凤凰树"、"枯柳"打树名"黄杨木"、"郁金香"打花名"荷花"、"铃兰"打花名"瑞香"、"樱"打花名"扶桑花"等。最后三条粗看令人费解,倘若结合各国国花则豁然开朗。原来郁金香是荷兰的国花,铃兰是瑞典的国花,"香"在此作花解。而"樱"乃日本的国花,"扶桑"旧称日本。

评弹灯谜绘"书迷"

　　江浙沪一带爱猜灯谜的朋友中, 有着众多酷爱苏州评弹的"书迷"(俗称聆赏评弹为"听说书"或"听书")。笔者所撰的评弹题材灯谜, 便有了奉献的对象。有的发在上海市工人文化宫的"灯谜大家猜", 有的发在"海上谜谭"每月一次的"雅集", 有的发在微信谜友的"猜谜群", 有的便干脆发给加为微信好友的评弹演员们。

　　有猜评弹书目或弹词开篇选曲的谜, 如:"何以引无数英雄竞折腰?"这一条打传统弹词书目"《华丽缘》", 别解为"因为中华大地美丽多娇的缘故"。"恢复平静", 打长篇《玉蜻蜓》之一折《归宁》(作"归于宁静"解)。"凤喜这才破涕为笑", 仍打《玉蜻蜓》之一折。谜面用了由张恨水小说改编的长篇弹词《啼笑因缘》中女主人公的名字与情节, 凤喜姓"沈", 所以谜底为"《沈方哭更》", 别解为"沈凤喜刚刚变更哭容"。又如以传统开篇《宫怨》中的唱词"劝世人切莫把君王伴, 倒不如嫁一个风流子, 朝欢暮乐度时光"为谜面, 打《啼笑因缘》选回《别凤》, 意思是"别去做凤驾娘娘"。还有一条用《四季歌》唱词"郎呀, 咱们俩是一条心"为面, 打《珍珠塔》一折《唱道情》。某次, 我试图在称谓上藏个小坎, 用"婆婆老妈'胡同游'"为谜面, 要求打《珍珠塔》一折。结果,"老听众"还是识破了机关, 猜出谜底《戏弄姑娘》。原来, 古汉语中的"姑"有婆婆的意思, 谜底解作:"游戏于弄堂中的是'姑'与'娘'。"

灯谜谐趣园

　　猜射开篇及选曲灯谜的则有："颤抖良久嗓音哑"打传统弹词开篇《战长沙》(注：战，作颤抖解；沙，沙哑)、"骤雨成灾"打张调开篇《暴落难》(注：作"暴雨落下成灾难")、"女婿夺冠"打传统开篇《半字》(注：女婿，俗称"半子")、"观光郁金香之国"打《荆钗记》选曲《赏荷》(注：荷，荷兰)、"这把铜壶非公物"打《双珠凤》选曲《私吊》(注：私人的吊子) 等等。弹词流派唱腔皆被评苑称为"调"，故猜射这类谜，别解的余地不广，作者犯难，猜者易破。如以"转换话题"打陈遇乾所创的"陈调"(注：陈，说；调，调换)、"飞行航班改期"打徐天翔所创的"翔调"、"不奏二胡弹吉他"打朱雪琴所创的"琴调"、"眼睛一眨，老母鸡变鸭"打张鉴庭所创的"张调"(注：张，作看解) 等，以上谜底中的"调"均由名词"唱腔"别解为动词"调动""变动"等。也有异于上述的，如"平贵戏妻"打薛筱卿所创的"薛调"和"《粟庐曲谱》"打俞秀山所创的"俞调"。前者别解为"薛平贵调笑妻房"，后者则作"'曲圣'俞粟庐之声腔"解，几近直解，难怪一出此谜，立被"秒杀"。

　　在上海天蟾逸夫舞台，我聆听了姑苏吴中区评弹团三对书苑伉俪的奏艺，即兴撰作了六条灯谜打演员的芳名，结果全被猜中。现将糗谜公布于下，有兴趣的"书迷"不妨一猜：

1. 内地百姓 (打评弹演员一)

2. 晚秋木樨花 (打评弹演员一)

3. 人民币 (卷帘格，打评弹演员一)

4. 蔡文姬传 (打评弹演员一)

5. 参观八闽珠宝展 (打评弹演员一)

6. 老骥伏枥意千里 (打评弹演员一)

谜底分别是: 1. 陆人民 (注: 陆, 内陆) ; 2. 莫桂英 (注: 莫, 暮的本字, 扣"晚"; 桂英, 即桂花, 又名木樨) ; 3. 钱国华 (注: 按格法逆读作"华国钱") ; 4. 陈琰 (注: 陈述蔡琰) ; 5. 张建珍 (注: 张, 观看; 建, 福建) ; 6. 马志伟。

滑稽谜话

　　滑稽，是曲艺的一种，流行于上海、杭州、苏州等地。我自小就是"滑稽迷"。余生也晚，赶不上观看"三大家"(王无能、江笑笑、刘春山)，但适逢滑稽的全盛时期，观赏过"杨(华生)、张(樵侬)、笑(嘻嘻)、沈(一乐)"、"姚(慕双)周(柏春)"、朱翔飞、包一飞、管无灵、袁一灵、程笑飞、程笑亭、文彬彬、田丽丽等名家的精彩演出。粗略算来，我已有半个多世纪的赏"滑"历史了。制作灯谜时，举凡与滑稽有关者，我皆喜揽为谜材。例如以"溜冰考"打剧种"滑稽"(注：别解为"滑冰的稽考")，以"玩'斗鸡'"打曲艺旧称"独脚戏"，以"儿童中暑晕倒"打曲艺"小热昏"等。

　　滑稽界人才辈出，名家云集，笔者做了不少这方面的糒谜。猜前辈艺人的谜有："庸主"打"王无能"(注：王，君王)、"短笛胡吹不忍听"打"管无灵"(注：灵，沪语作"好"解)、"翠柳吐絮"打"绿杨、杨华生"(注：华，通"花")等。猜"姚周"高足"双字辈"的谜有："娃娃两岁"打"童双春"(注：春，作"年龄"解)、"龙凤花烛"打"王双庆"(注：别解为"君王双双喜庆")、"评弹与苏绣"打"吴双艺"(注：别解为"吴门的两种艺术")、"文武全才老英雄"打"翁双杰"等。猜活跃在当代舞台上的老中青演员的谜有："议"打"谭义存"(注："讠"，扣"谭")、"陛下初登大宝"打"王汝刚"(注：作"君王你刚登基"解)、"生发精突奏奇效"打"毛猛达"(注：作"毛发猛地来了"解)、"金光大道"猜"钱程"(注：金，扣

"钱"；大道，扣"程"）、"八公山上，风声鹤唳"打"张皆兵"（注：作"草木看来全是兵"解）、"前有霹雳火，后有插翅虎"打"秦雷"（注：秦，秦明；雷，雷横）、"老来俏"打"陈靓"等。打滑稽女演员的谜有："姑苏美又美"打"吴媚媚"、"初为人母"打"嫩娘"、"迷上王派越剧"打"陶醉娟"（注：娟，王文娟）、"明明下雨说天好"打"胡晴云"以及"孤身赏幽篁"打擅长说唱的"顾竹君"（注："顾"作看解）。

　　独脚戏名段和滑稽戏名，可制谜的材料不多得。如滑稽名剧《满意不满意》，有人以"盈亏"作谜面扣之，月满称"盈"，月缺曰"亏"，故而切合，此谜大有以简驭繁之妙。苏州滑稽剧团的获奖作品《顾家姆妈》，我曾以"探母"设面扣之，谜底应读作"顾／家姆妈"（别解为"看望家中的母亲"）。还有当年文彬彬主演的《三毛学生意》一剧，曾摄成影片，我苦思半晌构得一僻面："女作家陈懋平拜师"，原来写《哭泣的骆驼》的作家三毛本名陈懋平（后改名陈平），谜底该作"三毛当了学生的意思"解。姚慕双、周柏春两位的独脚戏名段《宁波音乐家》，我以"纷争平息，欢笑盈门"为面扣之，谜底别解为"风波平定了，欢乐声音充满一家"。

京剧谜话

　　欣闻京剧成功入选"人类非物质文化遗产代表作名录"，京津沪菊坛名家云集浦江登台献艺，荧屏排日直播。笔者睹此盛况，欣喜之余，乘兴赶制了一批与京剧有关的灯谜，不避浅陋，以博诸君一粲。

　　第一种是打京剧戏名的。京剧剧目极为丰富，旧传有"三千八百出"。《京剧剧目初探》的作者、已故戏曲研究家陶君起说，他初步一"探"，就探出一千多出。剧目虽多，但令如今京剧迷感兴趣的剧目灯谜，恐怕谜底也只能是那些眼下常演剧目了。因此，我只得在有限的戏名上多角度地进行"别解"了。例如："刑侦队员的妈妈"，打老生、青衣对儿戏《探母》（注：别解为"警探的母亲"）；"早该分手"，打花脸、老旦对儿戏《断太后》（注：别解为"断得太晚"）；"访日前夕"，打老生、花脸对儿戏《将相和》（注：别解为"将要去看看日本"，"相"作动词"看"解）。还有几条旦角流派的戏谜："手托图书"，打梅派名剧《穆桂英挂帅》中的一折《捧印》（注：图书，别解为吴语中"印章"的别称）；"五古"，打新编程腔戏《陈三两》（注：陈，作陈旧解，扣"古"；"三""两"扣"五"）；"擅长写作"，打荀派名剧《文章会》（注：别解为"文章很会写"）。

　　记得有一次，我见到尚长荣、叶少兰两位在电视上清唱《壮别》（《赤壁之战》中周瑜与黄盖的对唱），于是灵机一动，谋得"步入老年"为谜面。这里，"壮别"应别解为"壮年业已告别"。又有一次，当花脸演员安平唱《御果园》时，我猛然想起"枣庄保卫战"，这不是现成谜面吗？"枣"为果子，可扣"果"字；"庄"为庄园，可扣"园"字；保卫战，则可扣个"御"字。还有一次，我看到央视戏曲频道在播于魁智演的《三家店》，便由剧名的"店"字，想到可用"铺"与其相扣，于是就借用铁路用语"上铺、中铺、下铺"作谜面扣之。

第二种是打京剧演员与戏曲家名字的。如："胜利在望"，打杨派老生张克（注：张，作张望解；克，作胜利解）；"可持续发展"，打海上名净尚长荣（注：别解为"尚可长期繁荣"）；"大乘"，打梅派青衣史依弘（注："弘"扣"大"；史，史乘，故扣"乘"；"依"作"抱合字"解）；"调解员的职责"，打荀派花旦管波（注：别解为"专管风波之事"）；"毋庸置喙"，打麒派老生陈少云（注："陈""云"均作"说话"解）；"醉翁之意在巉岩"，打戏曲家欧阳中石（注：别解为"欧阳修中意的是岩石"）。

还有一种是与京剧知识有关的谜，如"袁世海探望恩师"，打已故相声表演艺术家张寿臣。名净袁世海是郝寿臣的嫡传弟子，这里的"张寿臣"应别解为"看望郝寿臣"之意。又如："众人赞许称'冬皇'"，打明星"孟广美"。已故坤伶老生孟小冬，戏迷誉称其为"冬皇"。在此，"孟广美"应别解为"孟小冬受到广泛的赞美"。再如："十个唱净九鼻音"，打已故国医大师"裘沛然"。目前，唱花脸的学裘盛戎一派的居多，有"十净九裘"之说，而裘派有鼻腔共鸣的特色，"沛然"作"多"解，故而相扣。

"麒派"谜话

　　喜闻菊坛正在举办纪念京剧大师、麒派艺术创始人周信芳先生诞辰120周年的系列活动。笔者从小爱好皮黄，又痴耽灯谜，值此纪念周大师之际，谈谈与麒派艺术有关的灯谜。

　　周信芳，艺名"麒麟童"，观众昵称其为"麒老牌"。我曾以"'麒老牌'父子同台"为谜面，打公益文化活动"周周演"。谜底别解为"周信芳、周少麟（周信芳之子）都在演"。还做过两条有关麒派唱念的谜。一条谜面为"麒派嗓哑韵味奇"，打国名简称"沙特"（注：别解为"嗓音'沙'得奇特"）。还有一条谜面是"麒派念白"，打已故园艺大师"陈从周"。谜底里的"陈"作"说"解，扣"念白"，而"从周"则别解为"师从周信芳"之意。另外，还曾以"长颈鹿幼仔"打京剧宗师艺名"麒麟童"，日本人称长颈鹿为"麒麟"，"幼仔"扣"童"字。

　　周信芳能戏极多，独擅胜场的剧目丰富多彩，这恰好为谜人提供了上佳的谜材。前人曾以京剧行当"黑头"打麒派经典名剧《四进士》（注："黑"的上半部字形，正如"士"字进入"四"字之中），还有以"化妆游行"打《描容上路》，都很有趣。我也效颦，陆陆续续做过一些，例如："执辔慢鞭绕郭行"打麒派不朽之作《徐策跑城》（注：徐，作慢解；策，作鞭打解；郭，城郭）；"挥泪斩马谡"打《杀惜》；"装点高架"打《描容上路》（注：别解为"替上面的路美化形象"）。还曾以戏名《杀庙》为谜面，打曾被搬上过银幕的麒艺杰作

《斩经堂》(注：杀，扣"斩"；庙，念经堂所，故扣"经堂"）等。此外，笔者还用"孟光款客"打其早年的剧目《鸿门宴》。孟光是"举案齐眉"故事的女主角，其夫君乃东汉贤士梁鸿，谜底应别解为"梁鸿家门在宴客"。又用"林冲怒斥白衣秀士"为面，打其晚岁新排剧目《义责王魁》(注：别解为"林教头大义凛然，斥责王伦这个梁山魁首"）。另以"陶瓷工应征入伍"打其以武生应工的剧目《投军别窑》(注：别窑，别解作"离别瓷窑"），以"声称有房原是假"打《乌龙院》，以"飞速前进的都市"打《跑城》等。用麒派名剧作面的灯谜，尤为谐趣别具，如以"坐楼杀惜"打河流名"怒江"，"江"在此作梁山好汉宋江的名，一个"怒"字直让人联想起周大师演剧时的急怒之态。

麒门桃李多芳菲，开山弟子高百岁，艺精嗓佳，学麒最力。我曾分别以"寿享期颐"和"世纪老人"为谜面，打他的名字。期颐，一百岁；一世纪，一百年；高，高年、高寿。其他麒门高徒及再传弟子芳名入谜尚有："参观取经来沪上"打"张学海"(注：张，看；海，上海）、"劝君莫谈前朝事"打"陈少云"(注：陈，旧；云，说话）等。

同时，我还用《李慧娘》(又名《红梅阁》)里的情节制了一谜："李慧娘游湖，情赞俏后生"，打麒派再传弟子二，谜底为"陈少云、裴俊杰"。李慧娘随奸相贾似道泛舟游西湖，见裴生英俊出众，脱口赞道："美哉少年(好漂亮的年轻人)！"后因此言肇祸被杀。这里的谜底别解为"在说少年郎裴生英俊杰出"。

昆曲谜话

有"百戏之祖"美誉的昆曲，历来就是谜人垂青的谜材。他们将其唱词、曲牌、剧目等制成一条条雅俗共赏的灯谜，让爱好者在赏曲之余猜射娱乐。

笔者最早接触这类灯谜，是通过一本集海派灯谜之大成的谜书《春谜大观》。那上面有一栏《昆戏目》，载有70多条昆曲灯谜。由于昆曲剧目多为两个字，别解余地有限，所以要制得谜味隽永又充满谐趣，很不容易。清末民初的海上谜家手段高明，作品深入浅出、雅俗共赏。晚清大儒俞樾（曲园）撰"开张骏发"，打昆曲剧目《卖兴》（注：别解为"卖得兴旺"）；撰"借问酒家何处有"打剧目《前访》《春店》（注：古代多以"春"名酒，后"春"作为"酒"的代称），自然贴切，很是大气。小说《海上繁华梦》作者孙玉声（海上漱石生）的集锦式灯谜更有味，如"阶下囚引为座上客"（打昆曲剧目四），谜底为《不第》《出罪》《召登》《宾馆》，别解为"不只是开脱其罪，还召之登上招待来宾的场所"，自然浑成。还有姚劲秋作的一条："失策之咎"（打昆曲剧目二），谜底为《堕马》《鞭差》，读作"堕马鞭／差"，"策"别解为"马鞭"，"差"作"错误"解。此谜采用谜面别解，走的虽是偏锋，但很有巧思。书中有几条增损离合体谜，也使人印象深刻，例如："秋晓"（打昆曲剧目三），谜底为《拆字》《改书》《烧香》。这谜将"秋晓"二字拆开后再拼装改写，正好是"烧香"二字。

　　"合肥四姐妹"中的二姐张允和写过一本《昆曲日记》,书中有60多条与昆曲有关的灯谜,扣得地道,谜趣洋溢。她的灯谜始终以"趣"为先,深得文字游戏三昧。例如"一枝红杏出墙来"打剧名《花荡》,"女孩儿家没半点轻狂"打曲牌名《端正好》,"打夯歌"打昆曲曲调"小工调","曲园先生的禄米仓"打昆曲泰斗"俞粟庐"等,均体现了她的谐趣风格,丝毫不比专业谜家逊色。

　　笔者也效颦制过几条糗谜,以博读者一哂:1."去海南消费",打现代剧目《琼花》(注:花,花费);2."玩家家",打剧目《小宴》(注:别解为"小孩作宴");3."高喊写意",打剧目《叫画》(注:"写意"别解为国画品种);4."挥霍殆尽",打剧目《花荡》(注:"花得荡然无存");5."一怒分手"打剧目《火判》(注:火,作发火解;判,作分开解)。

"片言只语"的灯谜

我早年学灯谜时，常见前辈将古典小说或旧剧中人物的话语撷为谜面，至今印象深刻。披览清代与民国谜家谜集，获睹二谜，一条谜面为戏曲中习闻的小生赔罪词："千不是，万不是，都是小生的不是！"要求打《孟子·告子上》一句。谜底为"平旦之气"，这句话的本义是"早晨清平的气象"，别解为"平息台上旦角之怒气"。另一条谜面系《西厢记》里张生自报家门的话："小生名珙，字君瑞，本贯西洛人也。"要求打唐代诗人二。谜底乃"张说、张籍"，这里应别解为"张生在说自己的籍贯"。后来，有机会受到上海"虎会"诸前辈的亲炙，这类灯谜就见多了。被誉为"虎头"的屠心观老师有条趣谜，以京剧《游龙戏凤》中正德帝对酒家女李凤姐戏说自己居处的戏词为谜面："大圈圈中有个小圈圈，小圈圈中又有个黄圈圈"，要求打京剧一。谜底为《白帝城》，此处当别解为"在说皇帝居住的紫禁城"，以京剧戏词扣合京剧剧目。

我不避浅陋，仿学前辈，东施效颦地做过一些糗谜，在"海上谜谭"的"雅集"和"猜谜群"里贴出，以博同好一乐。例如以戏曲里熟用的"水词"为材料撰谜面："家院，天色已晚，我等哪儿将歇？"打越剧《莫问奴归处》。"莫"为"暮"的本字，谜底应作"天暮，主人在问奴仆应归宿何处"解。又如将《三国演义》中吕布白门楼被擒、求饶不成骂刘备的"此大耳贼最无信义"为谜面，打苏州弹词书目《刁刘氏》（注：别解为"奸刁的是姓刘的家伙"）。再如拿京剧《打渔杀家》中萧恩的唱词"桂英儿掌稳了舵，父把网撒"，打《开罗宣言》(注: 应别解为"撒开罗网时所说的话")。还有，以《四进士》里宋士杰在"三公堂"时的戏词"我为你挨了四十板，我为你发配边关去充军"，打俗语"拍屁股走人"(注: 分扣"拍屁股／走人")。

　　前不久谢世的越剧大家徐玉兰老师，其成名作《是我错》中有句当年家喻户晓的唱词："娘子啊，千错万错是我错！"以此为谜面，打二字春秋人名二，谜底为"咎犯、夫差"，别解为"犯过失的丈夫错了"。

漫话抗战灯谜

说到抗战灯谜，人们马上会想起上海谜坛前辈曾以灯谜为武器，反抗日本侵略者的爱国壮举。1931年"九一八"事变后，上海《文虎》九月份的两期杂志上，分别刊登学者钱南扬先生辑录清代谜家的《诅咒日本之灯谜》，主编吴莲洲与谜家孙刿溪、李敬何、孔剑秋三位撰写的《合作的抗日文虎》，共计23条灯谜。他们义愤填膺地表示，"对此暴日之横行恣肆，口诛笔伐，以泄胸中郁愤"。前辈谜家以笔墨为武器，声讨日本帝国主义的侵略罪行，表现了中华谜人的拳拳爱国之情。

2015年8月中旬，苏州吴江举行了一场以抗日爱国先烈、教育家、谜学专家薛凤昌名字冠名的"'薛凤昌杯'大运河流域名城灯谜邀请赛"。笔者忝列评委，躬逢其盛，对薛先生的高风亮节与学问造诣有了更深入的了解。抗战期间，吴江沦陷，时任私立同文中学校长的薛凤昌，因反对日伪当局开设日语课及派驻日籍教员而遭日寇杀害。值此纪念抗战胜利70周年之际，举办缅怀先烈的冠名灯谜杯赛，并同时征集研讨薛氏谜著《邃汉斋谜话》的论文，这样的活动很有意义。

笔者不避愚鲁，应命制作了一些抗战题材的灯谜以为赛题。例如：以"辅助孙仲谋"打抗日牺牲的八路军将军"左权"(注："左"通"佐"，扣辅助；"权"，孙权，字仲谋)；以"文天祥誓不降敌"打坚守"四行仓库"的抗日将领"谢晋元"(注：谢，拒绝；晋，同"进"；

元, 元朝); 以"崇敬治水英雄"打率领"远征军"的抗日将领"戴安澜"(注: 戴, 敬重; 安澜, 制服水患); 以"王宝钏之父"打抗日名将"薛岳"(注: 薛平贵的岳父); 以"打虎将揽镜顾影"打抗日将领"张自忠"(注: "看着自己的是打虎将李忠")。

除了人物外, 还有以"平型大捷"打京剧名《收关胜》, 以"桌上放有《南华经》"打抗日战争纪念地"台儿庄"(注: 《庄子》又名《南华经》), 以"南京大屠杀纪念碑"打两部清代长篇小说《石头记》《痛史》, 以"这厮打杀来得"打抗日战役"武汉会战"(注: 汉, 作男子解)。此外, 还有两条带谜格的抗战灯谜: 一条是"倭寇暴行录", 卷帘格, 打鲁迅小说《狂人日记》(注: 逆读作"记日人狂"扣面)。另一条是"农家乐", 卷帘格, 打抗日战争纪念地"台儿庄"。此谜按格法逆读成"庄儿／台"。"庄儿"扣农家, "台"如何能扣"乐"呢? 原来是用了通假字解谜法, "台"通"怡", 这么一来就顺理成章了。

梅花诗谜妙思多

梅花居"花中四君子"之首,深为世人所爱。唐代诗人孟浩然曾"踏雪寻梅",宋代隐士林逋则以梅为妻,元代大画家王冕咏花明志:"不要人夸颜色好,只留清气满乾坤。"爱好梅花而又酷嗜灯谜人士,则尤喜将这"暗香浮动"的梅花撷为谜材,制成耐人寻味的灯谜。

笔者曾见有人以宋代王安石的咏梅名句"遥知不是雪,为有暗香来"为谜面,打《红楼梦》人名二,谜底为"王作梅、花袭人"。释谜时,须读成"王作梅花／袭人",别解为"王安石写的梅花,香气袭人"。还见有人以"一生知己是梅花"打成语"君子之交"。世称"梅兰竹菊"为花中"四君子","交"作"知交"解。这些皆是以梅花诗句为材料的雅俗共赏之谜。

说起梅花与谜结缘之事,不禁想起轰动谜坛的《梅花诗谜百首》。曩见扬州前辈谜家孔剑秋《心向往斋谜话》载言:"真州吴让之先生,为书画大家,有咏梅花诗百首,每首隐一物品,不知何人手录,亦安吴之一派。"惜未一睹真容。千禧年前,我从友人处见到以研究歌谣、谜语著称的武汉民间艺术家向人红先生收藏的一套发行于1935年的灯谜杂志《文虎周刊》,内中刊有难得一见的《梅花诗谜百首》。前有吴氏所写的小引,有"馆于海陵陈氏斋中,终日与老梅作对,乘兴而咏","偶成陇上新题,还忆花前旧句"等语。我喜不自禁地连夜抄下该刊逐期登出的谜诗,遗憾的是仅存80首,虽非全

豹，然已弥足珍贵。后来，我将小引及谜诗披露于拙编《中华谜海》
（学林出版社2000年版）中，让众多的爱谜人士一睹为快。

这是大型梅花组诗，荟萃咏梅的七言绝句。每首诗都是谜
面，各自暗隐一件物品，犹如《红楼梦》里薛宝琴的"怀古诗谜"。
囿于篇幅，现举例两首。一首是："年年花放落残红，艳裹浓妆蓦
地空。一点芳心香已散，陇头有约信先通。"谜底为爆竹。以梅花
的花开花落，隐喻爆竹的特征，妙语双关。另一首是："一轮清影
透纱窗，携手盘桓兴未降。香雪几堆何处落，霏霏落出照银缸。"
谜底为筛箩。作者明写情侣携手品赏月下之梅，暗扣圆形细眼筛
箩，以"携手"表示执筛之，可谓传神。两条谜的谜面看似咏吟梅
花，实则寓藏玄机，字词巧行别解，处处绾合物形特征，大有"瞒
天过海"之妙。

在人们叹赏梅花诗谜巧思之际，传来《梅花诗谜百首》的原
刻本现身的消息。原来，在2013年嘉德四季第23期拍卖会上，刻
于嘉庆年间的此古籍善本以11500元成交。根据研究学者陈楠、黄
全来、邵才的考证，梅花诗谜的作者并非吴让之，而是清代扬州
人焦轼。

为此，笔者感赋打油小诗一首："花前射覆巧思多，妙语双关玉
雪歌。应谢诗人甘撮合，梅娘隐者结丝萝。"

郭嵩焘与灯谜

晚清洋务派大臣郭嵩焘，字伯琛，号筠仙，晚年自署玉池老人。湖南湘阴人，暮岁寓居上海多时。道光进士，曾署理广东巡抚，任福建按察使等职，并为清政府驻英法两国公使，有"清代第一位驻外外交官"之称。

郭嵩焘干练开明，且能诗善文，著有《使西纪程》《养知书屋文集》等。其日记尤为著名，手稿藏于湖南省图书馆，20世纪80年代由湖南人民出版社校点付梓问世。在这200万字厚厚四大册的日记里，我们得以获知郭氏还是一位诙谐风趣、喜好文字游戏的雅士。他在政余经常和一班好友商谈灯谜、撰制诗钟酒令等文戏。其挚友李篁仙是位灯谜行家，席间与同座猜玩灯谜，佳者无数。幸亏郭嵩焘勤笔记录，我们才能一睹这些佳谜的迷人风采。由于时代的关系，这些灯谜的题材多出自"四书五经"。例如以宋代岳飞名言"直抵黄龙府，与诸君痛饮"为谜面，卷帘格，打《诗经》一句，谜底为"燕燕于飞"。按卷帘格法，谜底须逆读为"飞于燕燕"，别解为"岳飞将在燕地与诸将宴饮"。原来"黄龙府"在辽东，古时属燕地，第一个"燕"作地名解，读平声；第二个"燕"是"宴"的通假字，作动词，读仄声。又如以唐人李商隐《锦瑟》诗句"锦瑟无端五十弦，一弦一柱思华年"为谜面，打出自《书经》（即《尚书》）的成语"自怨自艾"。谜底别解为"自己的怨烦，来自于五十华年"。这里的"艾"已由读音"yì"别解为读音"ài"，作"五十岁"解（见《礼记·曲礼》)。再如以白居易《琵琶行》诗句"老大嫁作商人妇"打《左传》一句"伯姬归于宋"。其中"伯"扣合"老大","姬归于宋"扣合"嫁作商人妇"(注: 宋为商的后裔)。另有如"叹此生之分离, 望美人兮不见", 打《书经》二句, 谜底为"牛一""羊一"。此谜巧用增损离合手法, 先把"生"字拆成"牛一", 再让"美"字不见了"人", 变为"羊""一"二字, 巧思绮合, 令人叫绝。余者如"星", 打《礼记》一句"旦牵牛中"(注: 牵"牛"于"旦"字之中)。"往来无白丁"打《论语·宪问》一句"问管仲"(注: 拆作"门口个个官中人","白丁"为不做官者)。上述灯谜大都选择成句为面, 讲究字字有来历, 文化含量颇高, 值得后人学习。

李伯元与灯谜

晚清小说家、《官场现形记》的作者李伯元 (1867—1906)，名宝嘉，又名宝凯，以字行，别号南亭亭长、游戏主人、讴歌变俗人等，江苏常州人。他于光绪二十二年 (1896) 来上海，先后创办过《指南报》《游戏报》《海上繁华报》等小型报纸，故人称其为小报界的鼻祖。他还为商务印书馆主编过《绣像小说》半月刊，后因过于劳累，加上"阿芙蓉癖"，英年早逝，据说终生未婚。

李伯元诗、文、书、画、印俱佳，除了小说外，还写过弹词、剧本、诗话、词话、文话、联话及笔记等。同时，他耽好灯谜，在主编的《游戏报》上曾辟有谜栏刊载文虎。其所著的《南亭笔记》里还记录了一些猜谜趣事和讽刺官僚昏庸贪鄙及朝廷腐败的时事灯谜。

书中载有纪晓岚猜破乾隆帝所出之谜的轶闻。一天，乾隆在亭中赏雨，雨越下越大，亭外沟渠都是水，坡间的小草渐被雨没。乾隆见状戏制一谜："小了大了，大了小了，(再) 大了就没了。"诸臣一个个都猜不出，后向太监打听，才知赏雨之事，次日纷纷以"雨中小草"为底应猜。乾隆大笑，说："错了，错了。"他对纪晓岚说："你总该知道。"纪晓岚忙道："皇上所说的，谅是'小儿囟门'。"乾隆称是。囟 (xìn) 门，是婴儿头顶骨尚未合缝的部分，用手摸之，能感到脑血管的跳动。长大了，顶骨慢慢合缝，就没囟门了，故而相扣。足见纪晓岚的机智敏慧。

然而，纪晓岚也曾聪明反被聪明误，竟利用"字谜"为即将被抄家的儿女亲家通风报信。时任两淮盐运使的卢见曾(号雅雨)因亏空库资无数,乾隆下旨籍没其家产抵亏。纪晓岚闻讯,急呼幼儿伸出手掌,在其掌心写一"少"字,暗隐一"抄"字。命他见卢见曾时莫交一语,但示掌心即可。后卢见曾果然将财物连夜转移。事发后,纪晓岚因暗通关节而获罪,发配充军。

李伯元对清季官僚腐败昏愦深恶痛绝,撰制灯谜讽刺一番。当时山西有位姓乔的御史,名廷栋,进士出身,做官十载,捞了不少钱,致仕后回老家纳福。此人官瘾难除,晨起必穿官服,升堂高坐,命家中童仆如演戏般地喝唱,依次进告,他再一一发落。每天如此,大过官瘾。伯元以此御史的所作所为,制得一谜,让友人猜《西厢记·赖简》三字唱词一句,谜底是"乔坐衙"。

《南亭笔记》中还录有一条反映晚清官场乱象的灯谜。当年京官中有两个王鹏运,一个在部曹,一个在内阁中书。部曹中的那个喜作狭邪游,染上梅毒,烂掉了鼻子,被御史以声名狼藉、面目缺陷等罪弹劾。内阁中书的那个王鹏运竟因同名而不能晋升。有人将这件事作谜面,要求猜《孟子·万章》一句,谜底为:"有庳(谐音鼻)之人奚(何)罪焉?"后来,那个内阁中书的王鹏运只得改名。

吴趼人与灯谜

以谴责小说闻名的清末小说家吴趼人（1866—1910），原名宝震，又名沃尧，字小允，又字茧人，后改趼人。广东南海人，因居佛山镇，故自号"我佛山人"。他生性诙谐，磊落不羁，十七八岁至上海，常为各日报撰文。梁启超于日本横滨创办《新小说》月刊，吴氏始作小说投稿于该杂志。其作品除小说33种外，尚有笔记、小品、笑话、寓言、戏曲、诗歌及杂著等多种。吴趼人对灯谜等文字游戏极为内行，曾在其代表作《二十年目睹之怪现状》里用了四回的笔墨写猜谜。先是在第六十六回《妙转圜行贿买萤言，猜哑谜当筵宣谑语》和第六十七回《论鬼蜮挑灯谈宦海，冒风涛航海走天津》里，借主人公"九死一生"与吴继之、文述农等在一起吃酒行令，引出猜灯谜的话题，说他们家乡不但元宵打灯谜，"中秋节也弄这个顽意儿的"。接着，他说了好些有趣的灯谜，如："一画，一竖；一画，一竖；一画，一竖；一竖，一画；一竖，一画；一竖，一画"，打字一，谜底为"亞"（"亚"的繁体字）；"刂"，打四书一句，谜底为"一介不以与人"；"含情叠问郎"，打四书、唐诗各一句，谜底为"夫子何为""夫子何为者"；"大会于孟津"，打《孟子》一句，谜底为"征商"；"曹丕代汉有天下"，打三国人名一，谜底为"刘禅"；"今世孔夫子"，打古文篇名一，谜底为《后出师表》；"大勾决"，打《西厢》一句，谜底为"这笔尖儿横扫五千人"；"示"，打四书一句，谜底为"视而不见"；"良莠杂居，教刑乃穷"，打《孟子》二句，谜底为"虽日挞而求其齐也""不可得矣"。尤为难得的是，作者还将一条时事题材灯谜撷于其中："光绪皇帝有旨，杀尽天下暴官污吏"，打四书一句，谜底为"今之从政者殆尽"，表达了对贪腐官吏的憎恶之情。内中还有一条用上海俗语"戳勿杀"为面的谜，打《西厢》一句，谜底为"银样蜡枪头"。小说家包天笑在《钏影楼笔记》里说吴趼人会说上海话，从这条谜上可看出些端倪来。

这位爱谜的小说家，还借主人公之口普及灯谜知识，专门介绍"白字格"和"卷帘格"的猜法，并举了两个例子：

山节藻棁（素腰格，打《三字经》一句）

谜底：有归（龟）藏

南京人（卷帘格，打《三字经》一句）

谜底：汉业建（按格法，须逆读作"建业汉"）

第一条谜面"山节藻棁"出自《论语·公冶长》。鲁国大夫臧孙辰（字义仲）替一种叫"蔡"的大乌龟盖了间房，有刻成山形的斗拱、画有藻文的梁上短柱。谜底别解为"那里面藏有大乌龟"。第二条谜底里的"建业"别解为南京的旧名，"汉"别解为"汉子"。

吴趼人又在第七十四回《符弥轩逆伦几酿案，车文琴设谜赏春灯》和第七十五回《巧遮饰赘见运机心，先预防嫖界开新面》里，描写了主人公于元宵佳节回到家中，让车文琴在他家"门前榜出雕虫技，座上邀来射虎人"，前前后后一共出了40条。

吴趼人的爱谜，还体现在《二十年目睹之怪现状》每回所写的"评语"上。如第九十六回的评语（此评语仅载于《新小说》杂志及广智书局单行本，以后各种版本均已删去），就讲了一则以画为信的

灯谜谐趣园

猜谜笑话："昔闻人谈一笑柄云：山西人托友带家信与其子，外并银六十四两。其人疑之，私发其函，则空无一字，惟一纸，中画飞蛾二，蛾下画一螺，螺下画一绳，绳作结状。再画一蝇，蝇下连画两鳖而已。友益疑，仍封固。交其子，而仅予以银六十两。其子阅函毕，曰：'何故缺四两？'友益奇之，曰：'诚然，第吾不解函中意，请为我详言之，当返璧。'其子曰：'是何难解。'指二飞蛾以次而下曰：'蛾（我）儿蛾（我）儿，螺（老）子结（寄）蝇（银）子，鳖（八）鳖（八）六十四两也。'"内中的"蛾（我）儿蛾（我）儿"和"蝇（银）子""鳖（八）鳖（八）六十四"，谐读三晋乡音，颇解人颐。

　　吴趼人首发小说的《新小说》杂志，寒舍正好藏有一本光绪二十九年（1903）五月出刊的第四号，内中有《射覆丛录》和《灯谜丛录》多页，说明当时的小说家，对灯谜都青眼有加，难怪吴趼人、李伯元、孙玉声、陆士谔、魏子安等小说家，都不免要在他们的小说里留下猜射灯谜的场景和各种有趣的灯谜。

爱谜才人汪石青

　　闲逛书肆，见有一本《汪石青集》，乃"安徽近百年诗词名家丛书"第二辑中的一种，黄山书社2012年版。该书原由作者长子汪稚青（名丕）编录，付与其弟亚青（名行）1977年在台北影印出版。

　　笔者随手翻阅目录，在《俪乐园杂著》栏中见有"诗钟"和"文虎"等字眼，顿时眼前一亮。

　　汪石青，名炳麟，字裔雯，又字石青，别署玲山怪石，以字行，安徽黟县人。生于1900年，卒于1927年。幼年时，其父经商芜湖，他跟着就读于当地教会学校圣雅各中学，曾师从举人江荔裳（绍明）研习诗词曲、古文辞。22岁时在宣州创立"南楼诗社"，远近名士皆来入社，颇有声望。1925年归故里，执教于本村小学，与乡贤胡元吉等结"林历吟社"。其族妹汪琼芝（阿秀）从其学曲，甚有情谊，两人因舆论非议，相约共沉屏山村口之长宁湖（又名屏山湖）。这位英年早逝的诗人多才多艺，有"江夏无双"之令誉。书中最让笔者动心的是文字游戏"诗钟"和"文虎"。

　　作者每每不离诗人本色，曾于《消夏吟》中咏道："诗谜翻来浅与深，不妨斗角复钩心。"其中不乏巧构之作，例如诗谜：

　　七律一首（每句射词牌一）

　　偶闻笙乐暂停鞭，月色清明亦可怜。

　　渺渺玉阑临斗宿，深深金屋贮婵娟。

　　感怀空洒江州泪，自误堪悲杜牧年。

懒向花丛还涉猎，前尘回首未茫然。

谜底：《驻马听》《闲中好》《最高楼》《内家娇》《青衫湿》《探春慢》《倦寻芳》《忆旧游》

五绝一首（每句射古人名一）
微雪下庭除，梅花蕴未苏。
廋词搜已遍，消遣暂欢娱。

谜底：小白、冷苞、罗隐、莫愁

他撰的"尺牍谜"题曰《寄外书》。旧时主张"男主外，女主内"，题上的"外"即"外子"丈夫之意。全信共40句，分扣40个谜底，现择取其中数条：

1. 伤心两地（打词牌一）；2. 关塞迢迢（打聊目一）；3. 一纸书来，馨生字里（打药名一）；4. 而离离满握，犹寄相思（打植物一）；5. 破涕为欢（打词牌一）；6. 无任铭戴（打词牌一）；7. 惟是廿番风过（打词牌一）；8. 辜负春光（打词牌一）。

谜底：1. 《别怨》；2. 《陆判》；3. 香附；4. 红豆；5. 《泣颜回》；6. 《感恩多》；7. 《杏花天》；8. 《误佳期》。

这种别开生面的集锦式书信灯谜，谜文典雅，底面契合，多用拢意手法相扣，妙在一气呵成，浑成自如。

此外，集子里还编入了作者的各类灯谜20余条，佳作不少。如"两龙分守，一隐一现"打二字词语，谜底为"宠辱"。将"守"字分开，与两个"龙"字相合，一个明示，一个暗藏。以地支"辰"与生肖"龙"一隐一现，很见匠心。又如以"一片飞花落道边"打器物"匕首", 用离合法扣之, 也甚妥帖。还有用"二月春风八月云"打花卉"剪秋罗"。此谜用的是"分扣法": 上半句"二月春风", 很容易让人联想到唐代贺知章《咏柳》名句"二月春风似剪刀", "剪"字就昭然了。下半句的"八月云"也马上使猜者悟到"八月秋云薄似罗"的佳句, 可叩出"秋罗"二字。还有如"拙谜"打《左传》句"虎不敏"(注: 虎, 文虎, 灯谜别称), "竹径"打《易经》句"君子之道", "被告得直"打古人"屈原"(注: 反扣, 别解为"委屈原告"), "正路转弯"打乐府诗题《大道曲》等。可憾的是, 天不假年, 未能使这位诗人谜家尽展其在文虎上的超凡才情。

苦雨斋与灯谜

苦雨斋主周作人早年从事民俗资料的搜集和研究，发表了为数不少的文章，是我国民俗学运动的开拓者。谜语（包括灯谜）是民间文艺和节庆传统娱乐，自然也是他热衷关注的。

在周作人1923年出版的《自己的园地》里有一篇《谜语》，详细介绍了这种"用韵语隐射事物，儿童以及乡民多喜互猜，以角胜负"的民间歌谣，还从人类学角度探索其在原始社会的重大意义：一种智力测量的标准，裁判人的命运的指针。他从希腊神话的"斯芬克斯之谜"讲到英国民间叙事歌《猜谜的武士》，又从《史记·滑稽列传》讲到《今古奇观》，还从《传说之朝鲜》谈到新罗时代朝鲜诗人崔致远用诗句猜射白玉箱中隐藏的鸡蛋。崔致远诗曰："团团玉函里，半玉半黄金；夜夜知时鸟，含精未吐音。"首二句隐壳中有蛋白与蛋黄，第三句隐鸡会司晨，末句隐实事，原来箱中鸡卵中途孵化，已死。

周作人非常推崇谜语开启儿童智慧的教化作用，曾在《儿歌之研究》一文里写道："谜语体物入微，情思奇巧，幼儿知识初启，考索推寻，足以开发其心思。且所述皆习见事物，象形疏状，深切著明，在幼稚时代，不啻一部天物志疏，言其效用，殆可比于近世所提倡之自然研究欤？"对于谜语对幼儿早期教育的重要和必要，语重意殷，至今犹具启示意义。

至于那些"专以纤巧与双关及暗射见长"的文人灯谜，周作人也感兴趣。他在《书房一角·西厢记酒令》中拈出《西厢记》曲文"金莲蹴损牡丹芽"打《中庸》一句"行乎富贵"。他在《谜藏一晒》中介绍了上下两集的晚明抄本谜书："全书谜诗一百首，每句隐花草名各一，全部凡四百种。"另外，我们可以从其自编文集中的《老虎桥杂诗》里见到灯谜"戏作"。

陈隆恪与灯谜

提起陈隆恪，恐怕知道的人不多，但我们把他的父兄和弟弟抬出来，你一准会肃然起敬。原来清末大诗人陈散原(三立)是他的父亲，大画家陈师曾(名衡恪)是其长兄，而以文章道德让后世尊仰的史学大师陈寅恪是他的昆弟。陈隆恪(1888—1956)，为陈三立的次子，早年毕业于日本东京帝国大学，他和兄衡恪，弟寅恪、方恪、登恪都能写诗，只有他的诗酷肖其父。陈三立晚年年事已高，遇朋辈求诗，常命他代笔。民国年间，他先后从事财会及铁路工作，1949年后曾任上海市文物管理委员会顾问。有《同照阁诗集》等传世。

陈隆恪是位诗人，喜欢诗歌形式的雅玩"诗钟"和以猜射取乐的文字游戏"灯谜"。抗战时期，他曾避难于江西萍乡，苦中作乐，与夫人喻徽、爱女小从经常对对联、敲诗钟、猜灯谜等。这些游戏笔墨，当时由陈小从誊录在作文课本方格稿纸上，隆恪题名"趣馀录"（见中华书局2007年版《同照阁诗集·附录一》）。亏得小从女士的努力，我们这些爱好对联、诗钟与灯谜的读者才有幸获观。诗人传世的灯谜共有七条，三条是以七言绝句作面的物谜：

1. 畅达情怀万里游，换盟四海弟兄俦。沾污清白无人顾，不遇知音隐案头。(谜底：邮票)

2. 累万盈千富不骄，解纷排难不忧焦。行行过目皆成诵，参透玄关手一摇。(谜底：算盘)

3. 徘徊缓步逐尘灰，颠倒婆娑倚壁栽。金屋蓬门踪迹过，可

怜跋涉几多回。(谜底: 扫帚)

诗人咏物本是当行, 制物谜自是轻车熟路, 三条中我偏喜前两条, 含蓄蕴藉。另外四条是标准的文义人名灯谜:

1. 参加抗战 (打古人名一) (谜底: 列御寇)
2. 笼中之鸟 (打古人名一) (谜底: 关羽)
3. 又蠢又聪明 (打《水浒传》人名一) (谜底: 鲁智深)
4. 主席犯了熬 (打《水浒传》人名一) (谜底: 林冲)

第一条做得真好, 时值抗日战争之际, 诗人的同仇敌忾之情溢于谜外。谜底别解为 "万众列成血肉长城以御日寇", 体现了作者的拳拳爱国之心。第二、第三条比较好解。末条用的是 "今典", 当时国民政府主席叫林森, 谜底别解为 "林森冲撞了恶煞" 之意, 语含调侃, 颇为发噱。

谜坛耆宿陆滋源

南京近百年来，谜家辈出，享誉谜坛。前有晚清同光年间的"金陵五虎将"周左麌、姚壁垣、郑季申、华金昆、孙云伯（见程一夔《金陵岁时记》），后有近时的廋苑"金陵五老"张亚谟、周问萍、钱燕林、经纬斌和陆滋源。

陆滋源，生于1918年，晚号"雪花轩主"，浙江舟山定海人，退休前供职于南京东南大学，曾任中华灯谜学术委员会、江苏省职工灯谜协会、南京市职工灯谜协会等处顾问。这是位嗜谜一生、卓有成就的资深谜学专家，著有《中华灯谜研究》等，赢得了"谜坛太史"的美称。

笔者与老人初识于上世纪70年代末，后因寒舍与其胞弟居处邻近，老人来沪探亲，常屈尊来舍间小坐，谈谜甚欢。老人慈眉善目，和颜悦色，对谜界后辈护持奖掖有加。承他和郭龙春先生不弃，约笔者共同主编《现代灯谜精品集》一书，编书期间，获教良多。老人主张现代灯谜要有现代气息，反对泥古、一味地"掉书袋"，并强调灯谜应具"内养仁智之性"的教化作用。这些看法对灯谜创作有启迪意义。

老人的灯谜创作正是实践了上述主张，故而他的谜作能在继承传统的基础上有新发展，形成了别解巧妙、扣合浑成、幽默风趣、雅俗共赏的风格。如以宋代王安石咏梅诗句"遥知不是雪，为有暗香来"，打《红楼梦》人名二，谜底为"王作梅、花袭人"。又如以"毛毛雨"打餐饮市招"维扬细点"，别解为"仅飞扬着细细的雨点"，"维扬"由名词分别转换成语气词和动词。再如以下两条，全是在谜面上下功夫："门外汉"，打鲁迅杂文名篇《关于女人》（注：别解为"此汉子被女人关在门外"）；"成亲戚"，打影片名《花烛泪》（注：谜面须读作"成亲／戚"，别解为"结婚时悲戚"）。这两条谜皆具有"声东击西"之妙。再如："衣着不整，禁止入内"，打四字成语"户限为穿"。户限为"门槛"，这里须读作"户／限为穿"，别解为"此'户'有穿着方面的限制"。老人还有条脍炙人口的佳作："令郎唱歌我指挥"，打八字俗语"君子动口，小人动手"。此谜巧将"君"和"小人"别解为称谓"你"和"我"，一敬一谦，相映成趣。

学者谜家余志鸿

　　已故上海大学教授、上海语文学会副会长余志鸿是位名驰学界的语言学家，为张世禄先生的入室弟子。他致力于语言学研究30余年，同时还是位灯谜造诣深邃的谜学专家，曾以谜号"金寅"名播海内外谜坛。他原名宝利，后改名志鸿，1941年生，上海市人。他自幼爱上灯谜，酷爱古典文学，就读敬业中学时便制得一手好谜。后因病辍学，养疴期间阅读了大量清末民初谜书，苦心钻研。他主编刻写油印《虎友》谜刊，刊登我们一帮爱谜少年的谜作和谜文，前后共有18期之多，可见其爱谜之情笃深。

　　获识海上前辈谜家屠心观、周浊、陈以鸿等先生后，余志鸿的谜艺越发精进了。他深谙"谜也者，回互其辞，使昏迷也"之道，擅长巧行别解。例如其脍炙人口的佳作："傍晚多云"（打世界名著别称一），谜底为《天方夜谭》。谜面上的"云"别解为"说"，谜底顿读为"天方夜／谭"。以"傍晚"扣"天方夜"（别解为"天刚晚"），以"云"扣"谭"，面上的"多"作"抱合字"用，扣合自如，妙趣别生。又如"兄"（打鸟名二），谜底为"画眉、八哥"，堪称增损离合体中的妙构，乍一看头绪难摸，再一思妙不可言。原来，我们如在"兄"上画上"八"字形的眉毛，则为"兑"字，正是"八兄"（兄即哥），故而相扣。

　　也许是语言专业出身的缘故，余志鸿运用古汉语知识入谜，文化含量颇高。如以"整容术"打京剧《美人计》。再如以"蛮语"打两位老影星"陈述、张翼"(注:翡,即"飞")。还有如"说话口吃"打成语"自食其言"(注:"口吃"别解为进食)、"悲忿之下阅旧章"打成语"心心相印"、"你要主动一点,即使旁人不在"打一"玺"字等,都充满谐趣。

综观余教授从谜历史,最值得一说的是风行谜坛、被誉为"最有趣的谜格"——骊珠格,就是这位学者谜家在青年时代挖掘、整理、推广的。他的例谜以"农村落户"(骊珠格)打"作家:田间",直到今天仍被谜界推崇。

喜作谜师传小技

　　春申谜人刘茂业发来其谜学新著《灯谜聊天室》的书稿，要我写一篇序言，勾起了我的许多回想。刘君是我30多年前的灯谜学生，他与灯谜结缘起自1980年代上海青年宫(大世界)的"周三谜会"。

　　当时我与朱育珉兄应邀每周三晚上在那里主持谜会，出谜让游客猜射，并当场讲解灯谜知识，吸引了不少爱好者。刘茂业彼时正在光明中学读书，常来"大世界"学猜灯谜。记得有一次我出了一条谜面为"对弈"的灯谜，要求打四字常言一句。他怯生生地举手猜道："有两下子！"并解释意思是"有两个人在下棋子"。我发奖时夸奖他猜得好。从此，他越发迷上了灯谜，还特地赶来参加我们应南市文化馆之请举办的灯谜学习班。在文庙附近梦花街小学的课堂里，他是年龄最小的一个。在学习制谜时，他做了一条"目光无神"，打戏曲术语"板眼"。我建议他再推敲推敲，更贴近"眼光呆板停滞"的别解之意。很快，他就将谜面改作为"目光呆滞"，完成了不错的作品。以后，他逐步地领悟到猜射与创作灯谜需要更高的文化素养，于是跟着我读起文学历史书来，几十年下来，家中的藏书已蔚然可观，《东方早报·上海书评》上还专门介绍过他哩。

　　书读多了，做的谜自然也就洋溢书卷气了。例如，刘茂业以宋代陆放翁《沈园二首》中的诗句"曾是惊鸿照影来"打文学名词二"游记、唐诗"(注：别解为"陆游惦记唐琬的诗句")，隽永贴切，雅驯得很。我还教他制谜时要注重"知""趣"二字。知者，要体现知识性；趣者，须具有趣味性。这样的灯谜才能让人受到启迪，增进知识，陶冶情操。例如他以 "河东狮吼"打演艺界称谓"女一号"（注：女，指悍妇；号，号叫），以"胎教目的"打《唐诗三百首》篇目《怀良人》（注：怀着好的小人），以"竹苞"打飞行器"无人机"（注：谜面须视作"个个草包"，"机"作机智解），无不蕴含着"知"与"趣"。

我还鼓励他动笔写些谈灯谜的"谜话"文章，并有意识地与其合作撰文。为此，我与他趋访年逾九旬的谜坛耆宿陈以鸿老先生。那天去早了，两人在门外候了一个多小时，盖因陈老每天都雷打不动地看央视《夕阳红》节目到下午三点半，赏毕才会客。我们听到了闻所未闻的旧上海猜谜往事，目睹了民国时期沪上出版的谜刊《黑皮书》终结号加印的号外谜页，深深感到不虚此行。为了采集"徐园"的猜谜史料，我们还一起拜访了这座海上名园的后人徐希博老先生。他是昆曲泰斗徐凌云先生之孙、《京剧文化词典》的主编。徐老兴致勃勃地谈起他亲见的徐园张灯悬谜往事，还拿出了珍贵的徐园风景照多帧，丰富了我们撰写文章的内容。

我和刘茂业还联袂主持过多场谜擂。最有趣的是，我们在浦东新区的一次谜擂结束后，当地一位爱谜老先生为我们讲述他听到的灯谜掌故：清代时，某镇出了件大案，久查未破，后来有位知情人写了封灯谜揭帖（举报信），内中只有四句诗："久旱逢甘霖，他乡遇故知。洞房花烛夜，金榜题名时。"后来被县衙师爷猜破谜底："四喜"，后访知乃是一个名叫四喜的人犯的案。这个故事增补了上海谜语资料。

大世界的文字游戏

　　欣闻昔日上海游乐场的龙头——大世界，在其建成100周年之际重新开放，变身为以展示上海非物质文化遗产、春申民俗民风及民间表演等为主的文化休闲中心。

　　传统的民俗文化、民间文艺得以回归、进驻大世界，可谓得其所哉。大世界自其1917年7月14日开业以来，搭建舞台演出各种曲艺、杂技、戏曲，放映电影，还别出心裁地揽入了文人雅士喜欢的文字游戏，在一定程度上提升了文化品位，成为雅俗共赏、老少咸宜的娱乐天地。

　　当年大世界盛行一种"诗谜"游戏，大厅里设有好几个"诗谜"摊子，猜中者可获得各种奖品，吸引了许多人。这种游戏故意在一句旧诗里掩去一字（以○表示），同时把此字与其他意思相近、声调相同的几个字混在一起，让人去猜。倘若猜者不服，主持者便会出示诗集以为佐证，让猜者信服。参加这种游戏的多为爱诗的文化人，例如南社诗人、学者陆澹安在《澹庵日记》中就多次记下他前往大世界猜诗谜的经历。我们从作家郭沫若的《沫若自传·创造十年续编》中，也可获知他曾在1925年去大世界猜过诗谜，还在书中自负地说："从那诗谜摊上，每每要赢他一两筒'白金龙'（香烟名）回来。"

　　猜灯谜在大世界也曾风行一时。上海赫赫有名的灯谜社团"萍社"就长期在那里活动。萍社成立于1912年，前后活动时间约有十余年之久。起初社员仅十余人，最盛时发展到四十多人。来自五湖四海寄身春申的文化人，凭借着共同的业余爱好——灯谜，以谜结社，取"行踪萍合"之意，起名"萍社"。起先，萍社的谜人在茶馆内"雅集"，后来上海出现了游乐场，谜社才算有了一块"根据地"。1915年8月，泥城桥附近(今南京西路西藏中路口)的新世界游乐场开业。他们应场方邀请到那里活动，除了社员们自娱自乐的"雅集"外，还增加了对外设奖"悬谜征射"的内容。1917年，头脑精明的商人黄楚九退出新世界游乐场股份，后又在爱多亚路西新桥(今延安东路西藏南路口)觅到一块9亩8分的地。黄楚九请著名小说家、报业巨擘、"萍社"领军人物孙玉声与作家刘半农襄助设计，另建一游乐场。半年后，一座三层砖木结构的大世界游乐场诞生了。至此，"萍社"由"新世界"移师"大世界"。据孙玉声《海上文虎沿革史》所述，那时一个晚上悬谜，少则五六十条，多达百余条。孙玉声还被聘为《大世界报》总编辑，在该报辟《文虎台》栏目，逐日选登前一天在游乐场出的灯谜。真可谓游乐场里夜夜有谜猜射，《大世界报》上日日有谜欣赏，把上海滩上爱猜灯谜的人都吸引到"大世界"来了。

大世界猜灯谜的传统一直延续至上世纪八九十年代(当时改名"青年宫")，每周星期三晚上都有灯谜飨客，名曰"周三谜会"。笔者与朱育珉兄曾忝为主持，坚持了好几年，所幸不少当年谜会的座上客，而今都已为沪上灯谜活动的中坚力量了。

如今大世界终于复业，倘群众喜闻乐见的传统娱乐活动仍能占有一席之地，则爱谜人士深幸也。

上海文庙与灯谜

位于沪南老西门的文庙，与文虎（灯谜的别称）结缘甚早。记得上世纪50年代后期，"魁星阁"下有一竹棚茶室，室外的黑板上辟有"灯谜征射"，猜中奖茶室门票，吸引了不少茶客。每逢过年，馆方会邀请沪上谜坛高手来主持谜会。彼时，笔者正读中学，闻讯赶来，一连猜了三天，于此夤缘获识春申谜坛耆宿屠心观、周浊、王寿富等先生。当年猜过的灯谜犹历历在目。如"割阑尾出血"，打越剧名《断肠红》；"禁止体罚"，打京剧名《除肉刑》；等等。

后来，我们一群久居老城厢的谜痴，在文庙组建了"魁星阁"灯谜组，还编印过《魁星阁谜集》多期。20世纪80年代，我与朱育珉兄还好为人师地开办过"灯谜知识学习班"，欣慰的是，昔日的学员现今都已成了活跃在谜坛的知名谜手。

文庙的灯谜之缘，赓续延绵，至今不断。2008年除夕之夜，在明伦堂有一场"迎新灯谜晚会"，猜谜者满坑满谷，煞是热闹，从晚上9时一直猜到子夜，游人才依依作别。

前些日子，上海职工谜协的近20位谜家，来到文庙儒学署二楼，举行了一次商谜雅集。这次雅集，出现了不少清新、隽永的作品。例如"童年旧居"，打旅馆用语"小时房"（注：别解为"小时候的房子"）；"娘亲思儿泪涟涟"，打四字常言"慈悲为怀"（注：别解为"慈母悲伤为了怀念"）；"笑弥勒"，打工具名"神仙葫芦"（注：葫芦扣"笑"，如"掩口葫芦"）。这些都是具有海派风韵的好谜。

豫园与灯谜

灯谜与上海豫园结缘颇早。据载，自晚清以来，豫园谜事极兴。我们从《闲情小录·文虎》的跋文中获知，光绪年间就有号为"隐癖"的艾杏坪和张味莼、黄品三、陈竹士、曹诵清、姚芷芳、葛元煦等人组成谜社。每当花朝月夕，在豫园的玉泉轩张灯招客，任人猜射。《文虎》是他们历年来雅集的佳谜汇编，内有不少妙构。例如以"清新庾开府，俊逸鲍参军"，打一字"皆"。谜面为杜甫诗句，将李白比作庾信与鲍照，故以"比白"（皆）扣之。又如用唐人王昌龄诗"忽见陌头杨柳色"，打旧时用物"惊闺"（注：旧时贩卖针线脂粉的货郎，用以敲打招引妇女购物的系铃摇鼓）。还有以唐人刘方平诗"杨柳千条尽向西"，打词牌名《东风齐着力》。这些谜皆谜味纯正，雅驯贴切，全今犹值得后人借鉴。

前辈谜家叶友琴在《沪城射虎记》中称："邑庙（老城隍庙）每逢元宵及城隍夫人诞辰（即农历三月二十八日），悬谜征射。"非但玉泉轩有谜，甚至九曲桥畔的"得月楼项飞云笺扇店"等处都有射虎之举。昔日海上萍社"五虎将"之一的陆澹安先生，在民国九年（1920）日记中也写道："（元宵）午后，至豫园散步，见青莲室笺扇店方悬文虎，见猎心喜，即往猜射，徘徊两时，共射得三十余条。"于此，我们可以想见当时豫园一带的猜谜风何其盛行了。

1949年以后，豫园地区的猜谜活动仍十分兴旺。笔者有幸，曾于上世纪50年代先后参加过九曲桥畔两次影响较大的猜谜盛会。

灯谜谐趣园

一次在春风得意楼，另一次在湖心亭茶楼，均属"以谜会友"的雅集。谜人各携谜作，自备奖品，并欢迎广大爱好者猜射。当年的灯谜，自有其通俗清新的时代特征，例如："合伙做生意"，打军事名词"集中营"；"十分地道"，打一"诗"字（注："十分"扣"寸"；"道"扣"言"；"地"扣"土"）；"脱衣就寝"，打口语"睡不着"（注：着，作动词"着装"解）；"跋"，打清代官名"后补道"（注：道，作动词"说"解）。嗣后，还刻印了《春风得意楼文虎雅集》和《湖心亭雅会成绩》，虽说是油印的谜册，但如今也都成了谜人搜求的收藏品。

近年来，那里的谜事更红火了：豫园商城每年春节都举办"元宵灯会"，让游客赏灯猜谜。犹忆2010年元宵佳节，豫园商城与上海职工灯谜协会诸谜家合作，联手举办"喜迎虎年原创灯谜大奖赛"，并在商城的"灯谜一条街"上悬挂原创灯谜计2010条之多，以示庆贺虎年喜至和世博会在沪召开。

徐园猜谜话前尘

徐园，又名"徐家园"和"双清别墅"，是旧上海著名的私人花园，由晚清浙江海宁籍巨商徐棣山（一作"棣三"）所建。该园原筑于苏州河北老闸唐家弄（今天潼路），虽然地仅三亩，但经营有致，其间花木扶疏，亭台曲折，有鸿印轩、鉴亭、又一村、地远心偏斋、十二楼诸胜，皆有入画之致。后园主嫌园地逼仄，遂迁往新闸叉袋角康脑脱路（今康定路），布置悉仍其旧，而园址已宽至五亩多了。据1910年上海出版的《图画日报》记载，彼时徐园的主人已为徐棣山之哲嗣贯云与凌云昆仲，两位皆"精书画，娴吟咏，通音乐，并工廋词（即灯谜），风雅绝俗"，值春社佳月，恒于园中举行射谜之戏，以娱佳客。

在上世纪二三十年代，徐园的猜谜活动猗欤盛哉，吸引着老上海的爱谜人士与广大市民。笔者有幸与徐氏后辈熟稔，得以获知当年盛况的鳞爪。一位是昆曲大师徐凌云之孙徐希博先生，另一位是徐贯云之曾外孙王成铮教授。他们虽未亲历谜会，但为我转述了其先人谈的张灯悬谜、设彩飨客的雅举点滴。尤为值得推许的是，当时徐园的猜谜活动常与花展、昆曲演出联袂举行，雅致得很，倘若遇到下雨或降雪，必会依日顺延，绝不让游者扫兴。

近承档案学者、友人蒲塘兄见示当年报载徐园猜谜广告照片多帧，对于徐园的猜谜情况有了更多的了解。园中每逢农历初三、十三、十六、十八之夜均有"文虎"之戏，此外逢节如七夕、中秋、元

灯谜谐趣园

宵等更"内设文虎候教"。大概是为了限制游客人数，进园须付游资，日场一角，夜场二角。

笔者亟想获睹昔时徐园灯谜的虎姿，亏得上海图书馆收藏的20世纪30年代灯谜杂志《春申·文虎》半月刊上，有沪渎灯谜名家叶友琴写的一篇《徐园射虎记》，详述了他当年游园猜谜的经过。文章先介绍了园设文虎的情景："每逢新年灯节，花朝月夕，或兰会菊会，任人往游。且于大厅之后反轩中，悬一方灯，周围粘满红字谜条征射，以助游人雅兴。灯下置一玻璃方橱，满置笔墨花笺、东洋玩具，作为射谜之赠品。"继而又开列了他所射中的各式灯谜。叶氏是海上著名谜社"萍社"的中坚分子，善制能射，谜学造诣深厚，其中鹄诸谜皆谐趣洋溢，足为后昆借鉴。

例如运用谜面别解手法制成的字谜，以"先写了一画，后去了一画"打一"二"字，这里的"去"字由"去除"别解为"前去"，虽简却趣。又如以"再醮"，卷帘格，打《诗经》一句，谜底为"室人入又"（注：旧时寡妇再嫁曰"再醮"；按格法，谜底逆读作"又入人室"扣面）。还有如以宋代苏东坡《前赤壁赋》文句"月出乎东山之上"打"四书"人名"左丘明"（注：古人以左为东），以"管子"打《红楼梦》人名"司棋"（注：司，作管理解；子，棋子），以"闻笛"打《诗品》"声之于羌"（注：笛，羌笛），以"平原君选上客十九人"打成语"一毛不拔"（注：别解为"剩下一个毛遂未选上"），以"前腔"打"四书"句"其次致曲"等。

除了文字谜笺外，徐园还别开生面地悬出图画灯谜（俗称画谜）。例如画一红女鞋（打字一），画水面一瓜一李（打《诗品》一句）。前画的谜底为"弹"（注：作"单弓"解，旧时女鞋称"弓鞋"）；后画的谜底为"与之沉浮"（注：用曹丕《与朝歌令吴质书》"浮甘瓜于清泉，沉朱李于寒水"扣合）。更为有趣的是有一则徐园主人、昆曲大家徐凌云贴出的"髡语"谜："受业赓环致书教习，星期之夜髡语候光"，要求打昆曲剧目十出。结果被"萍社"社长孙玉声猜中，谜底为《胖姑》《寄信》《送女》《学堂》《请师》《相约》《七夕》《观灯》《虎寨》《脱靴》。"髡语"即"隐语"之意，髡指春秋时说隐语的淳于髡。此谜谜底应读作"胖姑寄信／送女学堂／请师／相约七夕观灯虎"（注：环，环肥；星期，牛郎织女星相会之期；脱靴，作谜格名，按格法擿去末字"寨"扣合）。于此，可见老辈谜家猜制手段之卓尔不凡。

新春悬谜古猗园

  位于上海嘉定南翔的古典园林古猗园, 自2007年以来, 每逢春节都要举办灯谜活动。除了在园中张挂谜条外, 还特地在"玩石斋"前搭设谜擂, 邀约春申谜人轮流主持, 当场悬谜飨客, 很受各方游人追捧和喜爱, 甚至有外地爱谜人士坐高铁、打"飞的"赶来猜射。

  某岁大年初五下午, 笔者有幸与上海谜家谢煜明君共同合作, 联袂主持了一场谜擂。我们见参猜者中有不少年轻人, 就选择一些适合他们口味的灯谜开场。例如"元戎发怒"打形容词"帅气"(注: 别解为"元帅生气")、"不用替身"打纺织面料"莫代尔"(注: 尔, 作语末助词)、"G字头列车, K字头列车"打体育用语"一高一快"、"迷上米老鼠搭档"打食材二"老鸭、粉丝"、"风韵犹存"打教育名词"留美"、"麻烦捎个话"打统计名词"劳动人口"(注: 劳, 烦劳)等。这些谜果然收到了很好的效果, 相继被一一射中。见此情状, 谢君出了一条"斧声烛影", 要求打电脑键盘名称一, 冀图以增加难度来减慢谜擂的破谜速度。这一招不错, 此谜猜了良久, 经主持人启发, 终于被一对小夫妻合作猜破, 谜底为"F11"。此谜采用拟声与象形手段制成:"斧声"应作"斧"字声母解, 故扣F; 两个"1"视作烛与其影, 因而相扣。

  这次谜擂上, 我的糗谜几乎都成了纸虎, 不堪一猜。如以"声称首次游寮国"打成语"白头到老"(注: 头, 第一次; 老, 老挝)、"天京演奏胡琴"打国名"洪都拉斯"(注: 洪都, 洪秀全的首都; 斯, 这个)、"姑夫的书"打宋代诗人"翁卷"、"绍兴戏行头"打影视品种"穿越剧"(注: 行头, 戏曲服装)。最令我失望的是, 自以为暗藏机关的一条谜: "对面一盅姜母鸭"(打传统京剧一)。因为"对面"在此应别解为"须与谜面相对偶"之意, 即以"一盅姜母鸭"(台湾著名汤品) 为上联, 谜底是需对的下联。孰料众人用手机搜索京剧戏目追底, 无多时谜底被揭穿, 为"《三本铁公鸡》"。

最后, 我们亮出了一条运典的谜, 作为本次谜擂收官的"大奖"谜。谜面为"夷齐去国", 打二字新词语一。谜面上的"夷齐"是两个人名: 伯夷、叔齐。他们是商朝孤竹君的两个王子, 孤竹君欲传位于叔齐。父死, 兄弟两个皆不愿袭位, 双双出逃。这条谜被一个白领青年猜中, 谜底乃"恐袭"(注: 别解为"害怕袭位")。

近两个小时的谜擂, 虽说有些乏力, 但很开心。想起民间有大年初五迎财神的传统, 特赋打油小诗一首: "坊间初五赵公亲, 我辈猗园谜悦人。玩石斋前玩雅戏, 身心健乐胜金银。"

梅陇岁末乐猜谜

2014年的岁末之夜, 我与海上谜家刘茂业, 同赴位于上海市徐汇区西南隅的梅陇文化馆, 一起主持了一场迎接新年的灯谜晚会。在这里, 猜谜迎新贺岁已成了传统, 迄今坚持了16年, 受到了周围市民的热烈欢迎。

谜会在二楼的演出大厅举行, 座无虚席, 人气旺盛。台上摆满了各色奖品, 琳琅满目。我们接连出了两条应时即景的灯谜。一条是"2014岁末", 要求打传统节令一; 另一条谜面是"2015攀高峰", 猜北京的一处名胜。由于谜面上均出现了数字, 很快就被善动脑筋的爱好者识破。前者数字之和是"七", 后者数字之和为"八"。再循面索底, 第一条"岁"之末为"夕"字, 第二条"攀高峰"是"到达山岭"之意。两底便昭然了: 一个是节令"七夕", 一个是名胜"八达岭"。

我们见有不少家长带着孩子来, 就出了几条适宜他们的灯谜。例如: "修理台灯、吊灯和壁灯"打西点名"三明治"(注: 别解为"三种照明器具在修治") ; "小羊找妈妈"打三字上海话"慢慢叫"(注: "慢"拟羊叫之声, 此沪语本义为"且慢"或"暂缓") ; "智斗"打数学游戏用语"聪明格"(注: 格, 别解为"格斗") ; "团聚在温泉"打传统食品"汤圆"(注: 汤, 温泉; 圆, 团圆)。孩子们开动脑筋猜中谜底后的高兴模样, 令人久久难忘。

我们的灯谜一出现在书写板上, 马上就有许多猜者用手机拍下, 还有不少爱好者低着头用手机上网查找谜底。这无疑对我们主持人形成了压力, 我们必须拿出原创的作品才行, 而且得让人感到有趣、有益。当我们出的谜被人猜出并获得认可时, 我们感到异常兴奋和自信。例如有这么一条谜, 谜面为"成家嫌劳累, 甘愿打光棍", 要求打一句五字俗语。结果让一位偕妻女齐来猜谜的四川籍青年猜中, 谜底是"吃力不讨好", 别解作"成家吃力, 还是不讨老婆为好"。还有如"亲自"打蔡琴歌曲名《给我一个吻》、"少有的大伏天"打调料品牌"六月鲜"(注: 鲜, 少), 虽然费了些时间, 最终也都一一被人猜中。当猜者上台领奖, 下面报以热烈掌声时, 我们出谜人的开心程度丝毫不亚于获奖的猜谜人。

我们社会有那么多文化馆(宫)、文化活动中心, 应该像梅陇文化馆那样在传统佳节举办灯谜活动, 让我国独有的优秀传统文化——灯谜展现其迷人的风采, 借此娱乐人们的身心、启迪群众的智慧、丰富社区的文化生活。

书城灯谜庆新年

　　每年春节，位于上海文化街福州路的上海书城总要举办"迎春灯谜会"，以款待来自各方的读者。笔者自2000年起，有幸每年被邀为谜会的供稿者兼主持人。除了上海市的爱谜读者赶来应猜外，还有一些外地谜友坐"高铁"前来一过谜瘾。

　　笔者专门制作了数十条新灯谜，以冀酬答厚爱灯谜的朋友。例如龙年，自然少不了应时的"龙"谜。如："龙年春节"打一"晨"字（注：龙，扣"辰"；"春"节去笔画，扣"日"）；"壬辰祥年，恭贺新禧"，打《水浒》《三国》人名与别称各一，谜底为"祝龙、吉利"（注：龙，龙年；"吉利"是曹操的一个小名）；"师父今年升得快"，打魔术家"傅腾龙"（腾龙，"龙年腾升"）。还有一条本以为暗藏机关的"龙"谜："我祝今年大吉祥"，打现代京剧一。结果我低估了猜者，很快就被揭穿，谜底为《龙江颂》。此谜暗掖作者姓氏"江"，应别解为"龙年系由江某人在祝颂"。后来寻思，问题出在谜目上，现代京剧名中有"龙"的非此莫属。

　　在书城出与书有关的灯谜，颇受爱谜读者的垂青，这次准备了两条，均被猜破。一条是"梁朝伟探望妻房"，打已故女作家"张爱玲"（注：别解为"看望爱妻刘嘉玲"）；另一条是"太空之吻"，打王安忆长篇小说《天香》（注：吻，沪语作"香"）。新题材的谜也很受欢迎，如："麻将迷"，打央视"春晚"舞蹈《雀之恋》（注：雀，别解为"雀牌"，麻将的别称）；"元明刻本"，打影视新词"高清版"

(注: 别解为"高于清代的版本") ; "氧吧试营业", 打网络流行语"气场、卖萌"(注: 萌, 萌发) ; "嫩模", 打短道速滑运动员"范可新"(注: 范, 模范) ; "坑爹", 打常言"有损尊严"(注: 尊、严, 均作父亲解)。

　　还有一些谜, 笔者故意分用南北方言设坎, 不按常规出牌, 也收到了意想不到的效果。例如: "花甲老人搞卫生", 打成语"六根清净"(注: 沪语称"10岁"为1根) ; "祖孙三代'一根筋'", 打机械零件"轴承"(注: 北方话, 称固执为"轴") ; "邀人设摊", 打军事名词"拉练"(注: 别解为"拉人练摊")。一经揭底, 常赢得满堂笑声, 尝到了利用方言酿造谜趣的甜头。

书中得趣谜中藏

2018年4月为沪上爱书人特别关注，人们迎来了"世界读书日"、莎翁诞辰450周年纪念及"上海读书节"等活动。因而，在春申谜人每月一次的雅集上，一些"书虫"谜家纷纷出示自己读书得趣后的谜作，谨向"读书节"芹献一份菲礼。

诺贝尔文学奖得主马尔克斯的魔幻现实主义鸿制——小说《百年孤独》，深深影响了中国文坛，被誉为20世纪文学经典。著名谜家刘茂业以杜甫《梦李白》名句"寂寞身后事"为谜面，扣合这部驰名全球的小说。"百年"在此应别解为死亡的委婉说法。笔者也曾效颦，以"千古一帝"为面扣之。"千古"也作死亡的婉辞解，以扣"百年"；另以"一"扣"独"、以"帝"扣"孤"。此外，还有以一个"期"字扣合"百年孤独"的，古汉语中"一百岁"称"期颐"，恰巧谜面为独字，暗隐"孤独"，故扣。此谜诚有"少少许胜多多许"之妙。浦东谜家黄玮华用"反扣法"，以"野生花草俱凋零"打马尔克斯的另一部长篇小说《家长的没落》(注：别解为"家里长的植物没凋落")，颇具巧思。

上海作家金宇澄的长篇小说《繁花》多次获奖。龚蓓文以"购物狂"打书名《繁花》，笔者则以"房子票子都是干干净净的"打作家名"金宇澄"。龚蓓文以"相亲成功达五成"为谜面扣张爱玲小说《半生缘》，也有人以"牛排上桌为何犹带血"扣底。一个解作"一半人生情有缘"，一个释为"因半生不熟的缘故"，各呈谐趣。

写《达·芬奇密码》的美国小说家丹·布朗与写《白夜行》的日本推理小说家东野圭吾都是我心仪的作家。不佞曾以"绛帐书声"为谜面，打"丹·布朗"（注："绛帐"扣"丹布"；朗，声音响亮），以"主人蛮无理，街心拽住我"打"东野圭吾"（注：东野，主东撒野；"街"心为"圭"；我，扣"吾"；"拽住"作"抱合字"用）。

以92岁高龄仙逝的历史学家来新夏，是爱书谜人崇敬缅怀的长者。老谜家张文元以"五月麦登场"为谜面扣"来新夏"（注：小麦，古称"来"），也有人以唐人白居易《大林寺桃花》诗句"人间四月芳菲尽"打这位"纵横三学"（三学：历史学、目录学、方志学）的著名学者。

这次雅集，谜家陈汉臣用《康熙字典》与《永乐大典》为谜面，打华夏民俗"清明上坟"，赢得了大家的称赞。原来此谜暗藏机巧："康熙"与"永乐"在此应解为"清代与明代两位皇上"，与"清明上"三字相扣；而"典""坟"皆作古书解，如"三坟五典"中的"坟"与"典"，故能互扣。

谜人喜得百回聚

　　一群痴迷灯谜的上海人，每月假座茶楼或酒肆小聚一次，席间彼此出示谜作，互相猜射为乐，猜毕月旦品评，切磋技艺。如此"AA制"的灯谜"雅集"，迄今已达百次之数，足见他们对灯谜这种传统文化的钟爱醉心程度了。

　　品茶尝酒之际，相聚商灯猜谜，在上海是有传统的。昔日上海的"萍社""大中虎社""斑斓社""虎会"等，都曾悬谜于茶酒飘香之所。上海的灯谜，历来追求"知趣"二字。知，是说谜中应蕴含文化知识；趣，是强调灯谜的趣味。因而，每次雅集所悬之谜，倘若既无知识点，又无趣味性，则属汰删之列。每次"雅集"成绩披露于"上海灯谜网"（又名"海上谜谭"），以求教于同好。

　　凭着谜人们的坚持和用心，百回雅集创作了数以千计的"海派灯谜"。这些灯谜以"会意"扣合居多，谜面喜自撰文句，且具有时代气息，主张"三新"（谜面新、谜底新、手法新）。例如："肃清巨贪，不设禁区"，打《水浒传》人物诨号二，谜底为"打虎将、没遮拦"。此谜妙在谜底顿读中，须作"打虎／将没遮拦"扣面。又如："召之即来"打音乐名词"呼麦"，"有为才能夺第一"打新闻热词"南海争端"。虽是采取谜面别解的"剑走偏锋"手法，但藏掖无迹，颇耐人寻味。前者的"来"别解为古汉语中小麦的别称；后者的"有为"别解为康有为的名字，他是广东南海人，世称"康南海"，"端"则别解为首端与"第一"相扣。还有用"谁人堪称'超级丹'"打汉乐府曲名

《羽林郎》，谜底别解为"羽坛上林丹这小伙子"之意，以现代体育明星扣合古典文学，相映成趣。即便撷用诗词成句，也多采耳熟能详的，如用李白的"两岸猿声啼不住"打韩剧人物昵称"都叫兽"，以《水浒传》中宋公明在浔阳楼题的反诗"敢笑黄巢不丈夫"打围棋名将"江惟杰"(注: 别解作"惟有宋江才是豪杰")。至于诙谐幽默的就更多了，如"乐观面对债务"打人体生理现象"哈欠"，"设计程序谋生"打三字口语"吃软饭"(注: 软, 软件)，"事无巨细一把抓"打网络称谓"微博控"等，无不让人猜后莞尔。

当然，那些含有知识点的灯谜更引人入胜，如以"娱"打电商名"苏泊尔"。谜面视作"吴"停靠着"女"，吴是苏州的简称，"女"通"汝"，与"尔"同义，"泊"作抱合字"停靠"解，故扣。又如"玉茗堂某仆"打当代学者"汤一介"(注: 汤显祖, 署斋号"玉茗堂"; 介, 古汉语中作仆人解)。再如"王羲之拜师学字"，卷帘格，打电视剧《卫子夫》。按格法，这里须逆读作"夫子／卫"，夫子作老师解，卫指晋代书法家卫铄，王羲之的老师。

吴江谜赛观摩记

吴江,与灯谜结缘甚早。"鲈乡先贤"顾野王在约1500年前就将东汉许慎《说文解字》上未收的"谜"字录入他编写的字书《玉篇》之中。到了民国年间,当地又出了以写《邃汉斋谜话》而蜚声谜坛的教育家薛凤昌(字公侠)和南社诗人、谜家范烟桥等。近年来,吴江的灯谜活动更是搞得风生水起,当地中小学的第二课堂多开设"灯谜课",有的还延请"术业有专攻"的谜家前来授艺。松陵一中的少年选手曾在央视第三届谜语大会上夺得团体铜牌。于此可见,吴江的谜事之兴、谜风之盛。

某一个夏天,笔者受邀观看了"美丽家园"吴江谜语大赛的总决赛。这场猜谜比赛将灯谜知识和生活垃圾无害化处理知识结合,让广大群众了解生活垃圾分类、收运和焚烧发电项目,引导市民关注环保、参与环保,共建美丽家园。参赛者皆为当地的中小学生,谜题益智有趣且具正能量,受到了大家的赞赏。如"拒腐蚀,永不沾"打环保名词"保洁";"环保之声"打文具铅笔型号"HB"(注:取"环保"二字的声母);"半道换车没座位"打垃圾分类名词"中转站"(注:别解为"中途转车站着");"斜阳西射小城头"打环保名词"除尘"(注:此谜运用"拆字法",以"斜阳"二字之西部拼成"除"字;以"小"加"城"的头几笔合为"尘"字)。此外,还有如:"遥望宝岛"打体育设施名"看台";"有点点咸,去加水"打数学名词"减法"(注:用"离合法");"心怀大方不记仇"打一"恩"

字 (注: 口, 作方形解) ; "智多星埋名, 及时雨隐姓"打苏州地名 "吴江"(注: 吴, 梁山好汉吴用; 江, 宋江)。这些都是深入浅出的 好谜。

　　吴江灯谜人重视传统文化的传承工作, 让学生从小爱上益智 游戏灯谜, 值得各地学习。

常州猜谜庆元宵

现在的神州大地，已是"元宵无谜不成欢"。某年正月十五，笔者有幸与上海谜家谢煜明应邀去常州凤凰谷大剧院联袂主持一场"庆元宵灯谜联欢会"，与当地人士共度传统灯节。

谜会在雅致温馨的"艺术沙龙"举行。一开始，我们出了些具有"本地风光"的灯谜。例如："部队入城"打常州的区名"武进"（它也是常州的别称）；"后山"打常州剧院名"凤凰谷"（注：后，别解为"皇后"，扣"凤凰"；山，山谷）；"太阳普照大地"打常州籍名人、"汉语拼音之父"周有光；"常州名糖生产工场"打成语"寸金之地"（注：常州麻酥糖又名"寸金糖"）。这些颇接地气的灯谜均被参猜者一一射中，台下的气氛顿时热烈起来。

见到下面有不少年轻人，谢主持便出了如下灯谜："严禁泄露"，打时尚名词"维密"（注：维持保密）；"《西厢》物色女二号"，打流行称谓"网红"（注：别解为"网罗红娘扮演者"）；"小吃一流"，打流行语"点赞"（注：对点心的赞誉）；"开业不必择吉日"，打金庸小说人物"张无忌"（注：张，开张）。这些谜受到了年轻人的欢迎。

笔者先是出了条应节灯谜"相聚在温泉"，要求打年节食品一，也许是谜底的范围过窄，一下子就被揭穿为"汤圆"。接着出了条"聊天不讲荤段子"打西式食品"白脱、黄油"，别解为"说话得脱离黄色和油滑的东西"，引来了哄堂大笑。

最后，我们应群众要求，出了两条难度较高的。第一条："天京演奏胡琴"，要求打国名一。大家猜了很久，不明就里。我们启发大家，洪秀全任天王时将南京改名"天京"以为国都，演奏胡琴即拉胡琴，这么一来谜底"洪都拉斯"便昭然若揭了。第二条："入赘必须敞心扉"，打四字市招一。市招，指市上各业张贴的广告用语。这条谜被一位老伯猜破，谜底为"上门开锁"，别解为"做上门女婿者，开启闭锁状态"。

常州不愧为文化名城，文化名人辈出。就近而言，如清代词人张惠言，诗人黄景仁、洪亮吉，画家恽南田等，现代则有谢稚柳、刘海粟、周有光等大师、学人。当地群众的文化素养与猜谜水平都很高。当天一个半小时的谜会上，所出诸谜竟被全部猜中，台上奖品被悉数领完。我们能与高水平的常州猜谜群众一起过元宵节很开心。这真是："灯谜嘉名起上元，良宵射覆至今存。毗陵同好垂青眼，惭愧吾侪纸虎村。"（注：毗陵，常州古称；虎，文虎，灯谜别称；村，粗野）

谜人会战张家港

2017年的阳春三月，在江苏省张家港市保税区（金港镇）的香山旅游景区，举办了一场"长三角城市灯谜团体邀请赛"。活动由金港镇与该市文联联袂主办，笔者有幸附骥，忝列评委，躬逢其盛。

参加谜赛的共有12支代表队，他们分别是：常州队、常熟队、杭州队、合肥队、南京队、南通队、上海队、苏州队、太仓队、无锡队、吴江队和张家港队。采用大屏幕亮题，选手使用电控抢答器进行角逐。参赛选手必须在30秒内完成猜射一道谜题，其难度可想而知。

整场预赛有谜题50道，参赛成员大多为久经沙场的射虎高手，猜谜水平颇高，几乎是抢到答题权后，脱口报出谜底，常常引来满堂掌声。谜题以正宗会意体者居多，例如"绍兴戏行头"打影视品种"穿越剧"。又如"前演《西厢》传柬婢，后饰许仙共枕人"，打花卉名二，谜底为"一串红、一串白"，别解为"一会儿串演红娘，一会儿串演白娘子"。再如"每日书写几行"打形容词"天文数字"。"天"在此作"每天"解；"文"在这里作动词"书写"解；"数字"则当"几个字"解。还有如"温州还是那个温州"打陈忠实长篇小说《白鹿原》（注：温州又名"白鹿城"）、"闲来唱曲呷杯茶"打市招（即市上招贴广告语）"空调加液"（注：空，空闲；调，曲调）、"乡间立碑清明时"打日本作家"村上春树"（注：树，作动词用，树碑）、"婚房筑在黑土地"打成语"爱屋及乌"（注：及，作动词"到"解；乌，黑）及"通话闲聊乱侃诗"打小家电"电吹风"等，皆以拢意相扣。当然，也有用"增损离合"拆字手法的，例如以"上元张灯移寓前"打化学品"丁烷"。"上"作写上解，"张"作张开（分开）解，"寓前"为宝盖头，"移"作抱合之用，因此扣合。更有用方位加拟声手法的："山谷里，传歌声"打一"个"字。"山"里为一竖，"谷"里为一"人"，相拼为"个"，与"歌"的读音相仿，故扣。

参加决赛的6支劲旅为南京、南通、合肥、常州、杭州及吴江各队。谜题仍为50道，只是增加了一些手法迥异、谐趣浓郁的灯谜。例如"旧版玉堂春"，要求打饮料一，谜底为"老白酒"。此谜运用谜面别解手法，"玉堂"在这儿应视作小说《七侠五义》中"锦毛鼠"白玉堂从而扣"白"，"春"作酒解，"旧版"扣"老"，所以谜底为"老白酒"。又如"诶夸西后身清健"，打四字常言一。此处的"西后"应视为西文中的王后，英语王后作"Queen"，简作"Q"（如扑克中的Q）；"身清健"是说人很精神；"诶夸"即阿诶，可扣"阿"。因而谜底为"阿Q精神"。上述两谜皆是用的谜面别解障眼法，前者被选手猜中，后者也许是中西合璧之故，竟然瞒过猜者。竞赛十分激烈，比分非常接近，最后以三道"风险题"押分后再猜的方式决一雌雄。押分分三档：10分、20分、30分。押后猜中者如档加分，猜错者如档扣分。结果冠军被有新手加盟的吴江队夺得，实力雄厚的合肥与南京两队，只得屈居并列第二，另三队仅获三等。这真是：香山三月艳梅芳，十二精强射虎忙。赛事从来凭智勇，夺金黑马出鲈乡。（注：金港有"香山梅岭"胜景；吴江，因张翰思莼鲈而归，故又称鲈乡。）

乐会狮城爱谜人

2015年元旦期间，我和老伴重游星洲，有幸与新加坡灯谜协会的谜家们欢聚。在这个拥有众多华裔的"花园国度"里，不少人痴迷中华传统益智娱乐"灯谜"。

新加坡的爱谜人在2004年组织社团，名曰"新加坡灯谜协会"，每月举行两次内部例会，各出己作交流心得。协会不定期地出版《谜岛众生》，汇集协会谜人的创作灯谜与论谜文字，迄今已结集出版了四册，第五册也将在近期付梓。每到农历新年，他们从小年夜起直到正月初八，一连十天举行"射虎台"灯谜悬猜活动。大概是因为第一代华裔移民多来自我国的潮汕地区或八闽之地，故悬猜灯谜的形式也保留了当地风俗，颇具古风。他们将谜条按序编号列于题板上，猜者排队报号揭底，主持人手执鼓桴听猜者报底：全然不对则击鼓，仅猜对少量便以桴击鼓之侧，倘若猜中还需回答如何扣合，方可获奖。此外，协会每逢中秋佳节还在滨海艺术中心设有三晚谜台。

十多年来，新加坡与我国谜人的交往日益频繁。这次，新加坡谜协听说笔者偕老伴游石叻（新加坡别称），他们热情地安排了别开生面的谜友见面联谊活动，地点在载入世界文化遗产名录的新加坡植物园（又名胡姬园；胡姬，兰花的英语音译）。爱谜之人相见，所谈离不开谜。我们从猜谜谈到制谜，从谜书谈到谜家，谈得兴浓竟然忘记了午餐，直到下午二时许才去打尖。

新加坡老一辈谜家的中国古典文学素养颇高，多才多艺，灯谜大都胎息橐园（晚清大谜家张起南）、法乳蔼园（清代谜家徐家礼），以正宗会意、巧妙别解为不二法门，所撰之谜趣味浓郁。例如以著《并生阁谜话》名闻庾坛的黄叔麟先生，用"命案在身"打成语"曾参杀人"（注：曾参原为人名，今别解为"曾经参与"）。又如曾在坡岛电台主持射谜节目的黄俊琪先生，以"取道故乡初秋时"打《水浒传》诨号"云里金刚"（注：道，扣"云"；故乡，故里，扣"里"；秋，金秋，扣"金"；初，刚才，扣"刚"）。再如郑进福先生以"强迫消费"打宋人晏殊词句"无可奈何花落去"（注：花落，消费用掉）。还有如兼擅书法的郑泽生先生，以"初更风乍起"打成语"一鼓作气"（注：一更天称一鼓），允称佳构。

新一代的狮城谜家也不让老一辈专美，他们悉心钻研谜艺，广取博收，精心创作，好谜纷呈。如谜协顾问林月英老师的"残花落尽惊雷前"打电信用语"谢绝来电"（注：谢绝，花儿落尽），大有丝丝入扣之妙。另如黄玉兰会长的"东郊朗月下，浮萍水草荡"打排球教练"郎平"，慧心拆字，巧意缩合，妙不可言。还有如郑景祥的"通晓战国史"打烹饪术语"七分熟"（注：熟知战国七雄分裂而治）、邱建忠的"自幼多茹素"打网络流行词"小鲜肉"（注：鲜，少）、柯秀清的"莫教子欲养而亲不在"打服务业称谓"侍应生"（注：生，活着）、黄振新的"阿里风光"打俗语"山中无老虎"（注：阿，山阿；里，中；云从龙，风从虎，故扣）、罗兰的"深锁东篱八月黄"打香港艺人"关菊英"、邓伟文的"挫败中成长"打高校简称"北大"等，俱是饶有谜趣的好作品。

附录: 原创灯谜30则

1. 周末喜相逢 (打15笔字一)

   谜底: 嘻 (注: 周末为"口")

2. 病因不明 (打成语一)

   谜底: 何患无辞 (注: 患, 病; 辞, 言词)

3. "知"字居然也不识 (打成语一)

   谜底: 矢口否认 (注: 知, 矢口合成)

4. 顺从老子 (打成语一)

   谜底: 不绝于耳 (注: 绝, 拒绝; 耳, 李耳, 老子之名)

5. 罗马买来报时钟 (打成语一)

   谜底: 自鸣得意 (注: 自鸣, 自鸣钟; 得意, 得自意大利)

6. 长兄长姐颜值高 (打成语一)

   谜底: 有容乃大 (注: 容, 容貌; 大, 排行第一)

7. 步行街 (打成语一)

   谜底: 过人之处 (注: 别解为"只让人走过的地方")

8. 长女妲己伴纣王 (打七言唐诗一句)

   谜底: 老大嫁作商人妇 (注: 长女, 老大; 纣王, 商朝国君)

9. 87岁 (打二字手机品牌一)

   谜底: 小米 (注: 88岁即"米寿")

10. 好生埋怨 (打二字扑克牌色一)

    谜底: 大怪 (注: 大大责怪)

11. 南面是魔都 (打二字流行语一)

    谜底: 下海 (注: 海, 上海)

12. 切土豆 (打二字食材二)

    谜底: 开洋、山芋 (注: 须读作"开/洋山芋"；开洋, 大虾米俗称)

13. 咖喱土豆 (打二字食材二)

    谜底: 山药、蛋黄 (注: 须读作"山药蛋/黄")

14. 股民朋友微信群 (打三字菜肴一)

    谜底: 炒圈子

15. 指甲花幼苗 (打三字民国名女人一)

    谜底: 小凤仙 (注: 凤仙花又名指甲花)

16. 贾琏之母 (打二字《水浒传》人名一)

    谜底: 王婆 (注: 王熙凤婆婆)

17. 此公走红 (打二字花卉一)

    谜底: 牡丹 (注: 牡公牝雌)

18. 消灭赤字 (打二字国名一)

    谜底: 不丹

19. 开罗 (打三字电商一)

    谜底: 拼多多 (注: 四夕为"多多")

20. 秋后相逢维也纳 (打三字国际赛事一)

    谜底: 冬奥会 (注: 冬季在奥地利相会)

21. 情报头子手令 (打三字文体一)

    谜底: 大特写 (注: 特, 特工)

22. 上等徽墨 (打三字流行语一)

　　谜底: 高级黑

23. 前有赵国老将军, 后有秦国始皇帝 (打二字廉政名词一)

　　谜底: 廉政 (注: 廉, 廉颇; 政, 嬴政)

24. 莫言休假在家乡 (打三字物理名词一)

　　谜底: 高密度 (注: 山东高密为作家莫言家乡)

25. 第一代产品 (打三字时间名词一)

　　谜底: 夏时制 (注: 夏, 中国第一个朝代)

26. 鞋子刚买 (打二字动词一)

　　谜底: 履新 (注: 履, 鞋子)

27. 确是兄长 (打二字新称谓一)

　　谜底: 的哥 (注: 的确是哥)

28. 话筒产地北京城 (打二字粮食一)

　　谜底: 燕麦 (注: 麦, 话筒)

29. 本人函件 (打二字常用词一)

　　谜底: 自信

30. 门匾词人晏小山所写 (打四字课堂问语一)

　　谜底: 第几道题 (注: 第, 门第; 几道, 晏小山名字; 题, 题写)

后记

　　承蒙《咬文嚼字》主编黄安靖先生抬爱，有幸得以在《谈联说谜》专栏上，不避愚鲁地涂写有关灯谜知识的浅陋小文。自2015年迄今已逾四载，积少成多，居然也可裒集成册了。值此付梓之际，谨向《咬文嚼字》杂志致以谢忱，感谢他们对中华传统民俗文化的垂青和弘扬，使得人们喜闻乐见的"文学小样式"（刘衍文教授语，见《中国灯谜辞典·序》）灯谜和对联在刊中能有容身之处，且长时间享用珍贵的版面。这是令广大爱谜耽联读者为之欣喜不已的雅举。

　　同时，还要在此感谢谜坛前辈、楹联专家、诗人、翻译家陈以鸿先生，闻知拙著出版，特地热情洋溢地填写了嵌有小书书名"灯谜谐趣园"五字的《忆江南》词二阕。先生虽年登九七遐龄，仍才思敏捷，健笔如恒，着实令人可敬可喜。这里，让我们恭祝他老人家健康长寿。

　　另外，还得谢谢老伴吴璞华女士，多亏她不辞辛苦，忙里忙外，代劳找书、校阅文字，俾使拙著能顺利地与读者诸君见面。

　　囿于水平，书中舛误之处定然难免，恳望读者不吝赐教，以匡不逮。

江更生
写于沪南砖砚斋，时在2019年新春

图书在版编目（CIP）数据

灯谜谐趣园 / 江更生著 . -- 上海：上海文化出版
社，2019.8（2020.8 重印）
ISBN 978-7-5535-1650-9

Ⅰ.①灯… Ⅱ.①江… Ⅲ.①灯谜－汇编－中国－当
代 Ⅳ.① I277.8

中国版本图书馆 CIP 数据核字 (2019) 第 131022 号

灯谜谐趣园
江更生 著

责任编辑：蒋逸征
装帧设计：王怡君
书名题签：范崤青

出　　版：上海文化出版社　上海咬文嚼字文化传播有限公司
地　　址：上海绍兴路 7 号 2 楼
邮　　编：200020
发　　行：上海文艺出版社发行中心发行　上海市绍兴路 50 号
印　　刷：三河市兴国印务有限公司
规　　格：890×1240 1/32
印　　张：6
版　　次：2019 年 8 月第 1 版 2020 年 8 月第 4 次印刷
书　　号：ISBN 978-7-5535-1650-9/H.031
定　　价：30.00 元

告读者：如发现本书有印刷质量问题请与印刷厂质量科联系